최선의 삶 ◂

PL▷Y

최선의 삶

임솔아 장편소설

I◀

문학동네

살아야겠어서
내 마음대로 상상했고
곁에 묶어두었던

내 친구 아람에게

차례

스노볼

"강이가 죽을 것 같아."

나의 귀가시간이 늦어질 때마다 엄마는 거짓말을 하기 시작했다. 거짓말인 걸 알면서도 허겁지겁 집에 달려갔다. 강이는 현관까지 뛰어와 엉덩이가 실룩거릴 정도로 꼬리를 흔들었다. 엄마의 말이 거짓말이어서 좋았다.

거짓말을 듣지 않았는데도 그날은 일찍 집에 들어갔다. 강이가 현관문에 나오질 않았다. 강이의 상태를 엄마에게 물었다. 엄마는 강이가 약을 먹고 잘 자고 있다고 했다. 강이는 거실 카펫 위에서 쌔근쌔근 잠을 자고 있었다. 나는 가족들과 모여 앉아 텔레비전을 보았다. 엄마가 이불을 슬그머니 끌어당겨 개를 덮었다. 나는 손을 뻗어 이불을 벗겼다. 개의 눈이 뒤집혀 있었다. 입에서 거품이 흘러내렸다. 나는 소리를 질렀다. 개의 눈빛이 되돌아왔다. 나는 개를 안고 계속 소리를 질러대며 동물병원으로 달려갔다.

"시도는 해봐야죠."

동물병원 의사는 항상 시도는 해보자고 했고, 시도는 매번 비쌌다. 의사마저도 죽을 것 같다고 했지만 강이는 죽지 않았고 병을 이겨냈다. 죽기를 결정한 것처럼 강이가 이불을 덮고 얌전히 있을 때, 내가 그 이불을 벗겨내어 소리를 질러댄 덕분이라고, 그 비명을 듣고 강이가 살기로 결심한 거라고, 나는 생각했다.

그 이후, 개가 죽을 것 같다는 말을 나는 개가 멀쩡하다는 말로 알아듣기 시작했다. 강이가 죽을 것 같다는 문자메시지가 오면 핸드폰을 껐다. 더 늦게, 더 늦게 집에 들어갔다. 정말로 죽을 것 같다면, 엄마는 이불로 개를 조용히 덮어버릴 것이다.

"짖어봐. 강이야."

강이에게 명령할 때마다 내가 나에게 말하는 기분이 들었다. 내 이름도 강이였다. 강아지는 너무너무 멍청했다. 너무너무 탐욕스러웠다. 한 가지 생각밖에 할 줄 몰랐다. 그 점이 나랑 똑같아서 내 이름을 붙여주었다. 강아지의 이름을 처음 들었을 때, 가족들은 반대했다. 강아지 이름을 꼬마로 짓자고 가족들은 말했다. 멍청한 모습이 꼬마처럼 귀엽고 사랑스러우니까 그렇게 하자고 했다. 그러니까 더 내 이름을 붙여야 한다고 나는 주장했다.

"강이가 꼬마였을 때, 사랑스럽고 귀엽긴 했지."

엄마가 나를 부르면 강이가 나와 함께 엄마를 쳐다보았다. 그게 좋았다.

먹는 것과 자는 것, 그리고 우리 가족. 강이가 좋아하는 전부였다. 몇 번의 고비를 넘기고 무사히 다 자란 후부터는 바깥을 바라보는 것을 가장 좋아했다. 눈이 내리면 창턱에 앞발을 올린 채 몇 시간이고 창밖만 보았다. 창밖에는 텅 빈 공사장이 있었고 우뚝 선 타워크레인이 있었다. 타워크레인의 꼭대기는 먹구름에 가려져 있었고, 크레인 너머 풍경 또한 그랬다. 짓다 만 건물은 누군가 살다가 떠나버린 곳 같았다. 그 위에 눈만 내리고 있었다.

"그만 봐. 아무것도 없잖아."

창가에서 강이를 떼어냈다. 강이는 도로 창가로 갔다. 귀를 움찔거렸다. 유리창을 긁었다. 보이지 않는 곳에서부터 들리는 소리를 반가워하는 듯했다. 그럴 때 강이는 보이지 않는 곳을 향해 언젠간 도망을 가버릴 것처럼 보이기도 했고, 보이지 않는 곳이 언젠가 자기를 찾아올 거라고 믿는 것처럼도 보였다.

강이 옆에 앉아 나는 눈송이 하나를 눈으로 좇았다. 눈은 일정한 방향이 없었다. 눈은 일정한 속도가 없었다. 오른쪽으로, 왼쪽으로, 이리저리 흔들렸다. 눈송이들은 각자의 방향으로 흩어졌다. 강이와 내가 살고 있는 읍내동 동건빌라와 아무도 살지 않는 저 건물과 건물 너머 보이지 않는 곳까지 고루 떠다녔다.

목줄을 꺼냈다. 이리저리 날뛰며 강이는 기뻐했다. 목줄을 풀어준다는 것은 강이를 집에 가둔다는 뜻이었고, 목줄을 묶는다는 것은 강이와 함께 바깥으로 나간다는 뜻이었다. 강이는 밖에서도 더 먼 밖으로 달려나가고 싶어했다. 목줄을 묶고 계속 달리려는 강이 때문에 나도 함께 뛰어야 했다. 그러나 눈이 오는 날만큼은 달랐다. 눈을 좋아하는 강이였지만 막상 눈 위에서 강이는 우뚝 서 있기만 했다. 목줄을 끌어당겨도 꿈쩍하지 않았다. 내 목소리도 들리지 않는 듯했다. 바들바들 떨면서 눈이 제 얼굴에 떨어지는 걸 골똘히 보고만 있었다. 강이는 눈을 이상해했다. 무서워했고, 어떻게 해야 하는 건지 모를 정도로 좋아했다.

언젠가 강이에게 스노볼을 사줘야겠다고 생각했다. 강이가 발로 건드릴 때마다 반짝이는 눈이 쏟아질 거였다. 더 먼 언젠가에는 강이와 함께 사계절 내내 눈이 쌓여 있는 나라에 가야겠다고 생각했다. 무서운 것에 익숙해지면 무서움은 사라질 줄 알았다. 익숙해질수록 더 진저리쳐지는 무서움도 있다는 걸 그때는 몰랐다.

병신

침대 옆에 놓인 스노볼을 나는 만지작거렸다. 스노볼을 흔들면 눈은 피어올랐다 천천히 가라앉았다. 스노볼 안 세상은 언제나 겨울이었지만 언제나 따스해 보였다. 소영의 집에 갈 때마다 나는 형광등을 꺼놓자고 했다. 캄캄한 것이 좋다고 소영에게는 말했지만, 어둠 속에서 반짝이는 소영의 스노볼이 보고 싶어서였다.

소영은 형광등을 끄고 별 모양 조명을 켜주었다. 소영의 윤곽만이 보일 정도의 밝기였다. 사물들도 푸른 선과 면으로 어른거렸다. 우리는 침대에 같은 자세로 나란히 누워 담배를 피웠다. 사탕이 담겨 있었을 소영의 외제 양철통을 열어 담뱃재를 털었다. 양철통에 양각으로 새겨져 있는 사탕 그림을 손끝으로 만졌다. 먹어본 적 없는 사탕의 맛을 상상한다든가, 소영이 없을 때마다 스노볼에 쌓인 먼지를 내 옷으로 닦아낸다든가 하는 것들을 소영에게 들킬까봐 조심했다.

"강이야. 나는."

소영은 별 모양의 조명을 바라보고 있었다.

"집은 안 나간다."

소영의 눈빛은 꽉 쥔 주먹처럼 단단해 보였다.

"왜?"

"집이 좋으니까."

나는 소영을 향해 돌아누웠다. 눈을 껌뻑거렸다. 나도 집을 좋아했다. 우리집 강이가 자기 집을 좋아해 개집 안에 장난감 인형들을 모아놓듯이 나도 그랬다. 우리집 강이가 밖으로 나가고 싶어 창문에 코를 대고 있듯이 나도 밖으로 나가고 싶을 뿐이었다. 왜 집을 나갔느냐는 질문을 사람들에게 받을 때마다 선뜻 대답이 나오지 않아 어색하게 웃기만 했다. 그러면 집이 싫으냐는 질문이 이어졌다. 그렇다고도 그렇지 않다고도 대답할 수 없었다. 배가 고프면 밥을 먹어야 하는 것처럼, 배가 고프지 않은데도 밥이 먹고 싶어질 때가 있는 것처럼, 멀리 나가다보면 원하지 않던 곳에 다다르더라도 더 멀리 나아가야만 하는, 그런 일을 어떻게 설명해야 할까. 먼 곳에서 더 먼 곳으로 갈수록, 돌아갈 집이 있다는 것이 더 비참한 느낌이라는 걸, 따뜻한 이불이 포근하고 좋아서 무서워지는 순간이 있다는 걸, 어떻게 설명해야 할까.

"집 나가면 병신같이 살아야 하잖아."

소영은 나의 유일한 꿈을 '병신'으로 요약해주었다. 머나먼 곳으로 떠나는 것이 나와 아람의 꿈이었다. 그 꿈을 이룬 후라야 꿈꿀 자격이 비로소 주어질 거라고 아람과 나는 믿었다.

"집에 가만히 있으면 나무처럼 쑥쑥 자라나."

길에서 아람은 내게 말해주었다.

"뭐가?"

"상처가."

아람은 집이 싫어서, 나는 밖이 좋아서 우리는 함께 집을 나갔다. 집에서 받은 상처를 길에 조금씩 버리듯 아람은 매일매일 자신의 상처를 내게 말해주었다. 하지만 아람은 집보다도 길에서 더 큰 상처를 받았다. 집에서 받은 상처 따위는 어린아이의 것임을 알 수 있게 되었다. 집에서 받는 상처를 시시하게 여길 수 있게 되었다. 그래서 집이 아니라 길을 선택한 걸 다행으로 여겼다. 집도 시시하게 여길 수 있었다.

눈을 감아도 눈앞에 펼쳐지는 빛의 잔상처럼 소영의 말이 내 주변을 떠다녔다. 집이 좋으니까. 사탕을 많이 먹어보았는데도 외제 양철통 속 사탕의 맛을 상상하게 되는 것처럼, 나는 집이 좋다는 낯선 말에 붙들려 있었다.

소영이 잠에서 깰 때까지 나도 눈을 감고 있었다. 집 앞 도로까지 소영은 나를 배웅해줬다. 도로 건너편에 버스 정류장이 있었지만, 소영은 당연하다는 듯 택시를 향해 손을 흔들었다. 나도 당연한 척 택시에 올라탔다. 내게 소영의 집에서 자는 날은 주머니에 넉넉한 택시비가 들어 있는 날이었다.

"우선, 출발해주세요."

소영이 꽤 멀어진 후에야, 읍내동으로 가달라고 기사에게 말했다. 내가 읍내동에 산다는 사실을 모르는 아이는 없었다. 그러나 누군가 어디에 사느냐고 물을 때마다 나는 전민동 늘푸른아파트에 산다고 대답했다.

택시는 소영이 사는 전민아파트 단지를 지나, 푸른아파트 단지를 지나, 늘푸른아파트 단지를 지나갔다. 늘푸른아파트는 전민동에서도 가장 최근에 지어진 최고층 아파트였다. 한 번도 들어가본 적은 없지만, 등본상으로는 내가 사는 아파트였다. 늘푸른아파트 옆에는 나와 아람과 소영이 다니는 전민중학교가 있었다. 택시 기사들 말로는, 이 전민동이 개발된 것은 십 년이 채 되지 않았다고 했다. 연구단지가 생기면서 연구원 가족들이 모여 살 곳이 필요해 생긴 동네라는 것이었다. 전민중학교는 연구원 자녀들이 모여 있는 학교가 되었고, 대전 내에서 명문고 입학률이 가장 높은 학교로 금세 유명해졌다. 이 학교로 전학을 시키기 위해 부모는 나를 위장 전입시켰다. 읍내동에 살았지만 읍내동으로부터 멀어지기를 부모는 바랐다.

전민중학교를 지나 조금 더 내려가면 버려진 풀숲이 나왔고 거기서 더 내려가면 금강이 나왔다. 금강을 따라가다보면 다리가 나왔고, 다리를 건너면 세제 공장과 샴푸 공장이 하나씩 나타났다. 다리를 중심으로 한쪽은 연구단지로, 다른 한쪽은 공업단지로 나누어져 있었다. 이제 곧 읍내동이었다.

"예전에는 읍내동이 읍내였지."

읍내동의 역사도 나는 택시 기사에게서 들었다. 내가 졸업한 읍내초등학교가 옛날에는 삐까삐까한 명문 국민학교였다든가 공업단지가 처음 생기던 때에는 수많은 젊은이가 모여들었다든가 하는 이야기들이었다.

읍내초등학교 앞에서 택시는 멈추었다. 택시를 타든 버스를 타든, 이 초등학교 앞에서 내려 걸어가야 했다. 읍내동은 언덕과 계단으로 된 좁은 골목길로 이루어졌다. 택시가 진입

하는 것이 불가능한 일은 아니었지만, 한번 마을 내부로 들어가면 차를 돌려 나오기가 곤란했다. 읍내동 주민들도 택시 기사들도 초등학교 앞에서 내려 걸어가는 것을 당연하게 여겼다.

굴다리 위로 기차가 지나가고 있었다. 기차가 지나가면 읍내동 어디에서든, 슈퍼에서든 집에서든 길에서든, 기차의 굉음이 들렸다. 굴다리 아래에 꼬마들이 옹기종기 모여 있었다. 기차를 향해 돌을 던지고 있었다. 나도 꼬마였을 때에는 친구들과 굴다리를 찾아갔다. 달려가는 기차를 보면 누가 먼저랄 것 없이 소리를 질러댔다. 아무리 질러도 우리의 고함은 기차 소리에 묻혀 들리지 않았다. 소리를 지르고 지르다가 돌을 집어들었다. 거대한 용이 날아가는 것을 목격한 것처럼 신나고 흥분이 되어서 가만히 있을 수가 없었다. 돌을 던지지 말라고, 누가 다치거나 죽을 수도 있다고, 교내 방송이 나왔지만 읍내동 아이들은 계속 돌을 던졌다.

초등학교 앞 횡단보도를 건너 오르막길을 올랐다. 언덕 꼭대기부터는 계단을 올랐다. 숫자를 세었다. 어렸을 때부터 세어보았지만, 계단의 수는 셀 때마다 달랐다. 계단이 너무 많아서 기어이 한순간이라도 다른 생각을 했다. 숫자를 잊어버리고 다시 셌다. 교회를 지나 은혜슈퍼를 지나 다시 계단을 올랐다. 공사가 중단된 건물과 타워크레인을 지나 계단 끝에 동건빌라가 있었다.

뒤돌아서면 산 정상에 올라선 것처럼 읍내동이 한눈에 내려다보였다. 굴다리 위로 이어지는 기찻길도 읍내동 끝에 있는 금강도 멀리 전민동도 내려다보였다. 늘푸른아파트가 전민동에서 가장 높은 아파트라면, 동건빌라는 대전에서 가장 높은 빌라일 것이다. 전민중학교로 전학을 가기 전까지는 그 사실이 자랑스러웠다. 읍내동 친구들도 우리집을 부러워했다. 동건빌라가 읍내동에서 가장 깨끗한 새 건물이었다. 읍내동 친구들은 벽에 금이 쩍쩍 가 있는 다세대주택에서 살았다. 아무렇게나 증축을 하느라 균형이 맞지 않아서 언제고 무너져내릴 것 같은 집이었다. 형광등도 스위치로 켜고 끄는 것이 아니라 줄을 당겨 켜고 꺼야 하는 집들이었다. 그것도 자기 집은 아니었고, 월세나 전세로 얻은 집들이었다. 우리집은 진짜 우리집이라고 하면 친구들은 놀라곤 했다. 따져보면 은행빚으로 얻은 집이라는 사실도, 가장 높은 지대에 있기 때문에 새 건물이라고 해봤자 저렴한 집이라는 사실도 우리는 알지 못했다. 읍내동 친구들 사이에서 나는 가장 부유한 건물에 사는 아이로 통했다. 전민동 친구들 사이에서는 가장 가난한 동네에 사는 아이로 통했다.

운동장에는 아무도 없었다. 나는 혼자 화단에 서서 열린 창문을 올려다보았다. 창문에서 선생들이 조례를 하는 소리가 흘러나왔다.

"병신."

조례 소리를 들으며 나는 중얼거렸다. '병신'이라고 중얼거리는 버릇이 생겼다. 병신같이 산다는 건 어떤 걸까. 병신이 된다는 건 어떤 걸까.

화단의 꽃잎이 빛에 반사되어 반짝거리고 있었다. 나는 화단에 물을 주는 당번이 되었다. 조례시간마다 화단에 물을 주도록 배정되었다. 담임이 조례시간마다 내 얼굴을 보는 것이 싫다며 그 일을 내게 시켰다. 나도 조례시간마다 담임의 얼굴을 보고 있는 것보다는 화단에 나와 있는 것이 좋았다.

담임이 던져주고 간 호스를 수도꼭지에 연결했다. 호스는 짧았다. 화단의 끝까지 닿질 않았다. 가까운 꽃들에게만 물을 줬다. 매일매일, 병신이라고 중얼거리며 물을 줬다. 몇 주 지나지 않아 물을 많이 먹은 꽃들이 무성하게 썩기 시작했다. 이파리가 누렇게 변색되었다. 줄기에는 허옇고 미끌미끌한 곰팡이가 들러붙었다. 잡초가 자라났다. 꽃은 잡초의 중심에서 노랗게 곪은 꽃잎을 키웠다. 벌렁벌렁 벌어진 꽃잎이 혀를 날름거렸다. 날파리가 새까맣게 꼬였다. 물을 먹지 못한 꽃들은 진짜 병신이 되어갔다. 줄기가 앙상해졌다. 다섯 잎이 되어야 할 꽃잎이 세 개, 혹은 두 개가 되었다. 길게 드러눕기도 했다. 햇볕이 내리쬘수록 허리가 꼬부라들었다. 그러면서도 가지는 햇살을 향해 뻗어나갔다. 텔레비전에서 본 화상 환자가 연상되었다. 심한 화상을 입은 환자일수록 손을 뻗어 물을 달라고 애원했다. 누군가 물을 주면 환자는 죽었다. 꽃들은 죽기 위해 햇살을 받으려는 것 같았다. 꽃들은 물 대신 햇살로 목을 축였고, 그래서 오히려 타들어갔다.

"물도 제대로 못 주냐."

담임은 고무호스를 들고 있던 나를 밀쳐냈다. 꽃을 아껴온 사람처럼 화단을 들여다보았다. 나는 교실로 돌아갔다. 수업을 들었다. 수학 선생의 목소리 바깥에서 흙냄새와 풀냄새가 맡아졌다. 쉬는 시간에 나가보았다. 인부들이 화단을 뒤엎고 있었다. 수업에 들어가지 않고 그 광경을 지켜보았다. 인부들이 흙덩이를 퍼 수레에 던졌다. 나는 쪼그려앉아 흙덩이를 뒤적거렸다. 물을 많이 먹은 꽃들의 뿌리는 짧고 축축했고 시궁창 냄새를 풍겼다. 가늘고 긴 뿌리들만 골라 모았다. 물을 먹지 못한 꽃의 뿌리들이었다. 붙어 있던 흙은 쉽게 떨어져내렸다. 뿌리는 뼈처럼 희게 빛났다.

"학생, 저리 가."

인부들이 나를 향해 삽을 휘휘 저어댔다. 나는 병신 꽃들의 병신 뿌리들을 주머니에 넣어 교실로 들어왔다. 사물함 안에 넣었다. 화단엔 새 꽃이 심어졌다.

수업에 빠진 것을 알고도 담임은 나를 혼내지 않았다. 다만 꽃들에게 고루 물을 줄 것을 약속할 수 있느냐고 물었다. 나는 약속했다. 새로 단장한 화단에는 고무호스가 사라져 있었다. 나는 양동이에 물을 받아 물을 주었다. 수도에서 화단까지, 열일곱 번을 왕복했다. 교실로 돌아올 때면 치마가 축축하게 젖어 있었다. 꽃들은 죄다 병신이 되어갔다. 물을 열심히 주어도 병신이 되어갔다. 길게 늘어지는 대신 이번에는 절반도 크지 못한 앉은뱅이가 되어갔다. 꽃잎에 깨알만한 하얀 점들이 피어났다. 전염병이거나, 영양실조이거나, 어느 쪽이든 꽃들은 정상이 아니었다. 누구도 그 꽃들이 병신이라는 걸 알아채지 못했다. 모두 다 똑같이 병신이 되어버렸기 때문이었다. 나는 칭찬받았다.

'병신.'

담임에게 칭찬을 받고 돌아서며, 나는 누구를 향한 것인지 모를 말을 읊조렸다.

꺼진 텔레비전 앞에 앉아 텔레비전을 보고 있었다. 보이지 않는 것을 보고 있었다. 나의 미래처럼 캄캄했다. 나는 미래를 예측해본 적이 없었다. 미래를 다짐해볼 때는 많았다. 언젠가 먼 곳까지 가볼 것이다, 먼 곳에서 더 먼 곳을 향해 가며 살 것이다, 이불 속에서 얌전하게 죽어가지는 않을 것이다, 그런 종류의 다짐이었다. 다짐으로 점철된 미래를 펼쳐놓았다. 미래를 알 수 있는 유일한 예언이 내게는 다짐뿐이었다.

엄마는 크기가 다른 냄비를 써도 라면 물의 양을 정확히 예측했다. 반장은 중간고사에 어떤 문제가 나올지 정확히 예측했다. 선생은 무슨 말을 해야 아이들이 웃을지 예측했고, 아이들은 어떤 말을 해야 선생이 화를 낼지 예측했다. 그렇지만 나는 예측할 수 있는 게 없었다. 읍내동에서 쌓아왔던 예측의 기술은 전민중학교에서 번번이 빗나갔다. 읍내동 중학교의 영어시간에는 유창한 발음으로 영어 교과서를 읽는 아이가 놀림의 대상이 되었지만, 전민중학교의 영어시간에는 모두가 원어민이 되었다. 내가 읍내동에서 선행학습반에 뽑혀 한 학년 위의 수학 문제를 풀고 있을 때, 전민동 아이들은 미분이니 저분이니 하는 두세 학년 위의 수학 문제를 풀었다. 이해받을 거라는 예측으로 던진 말에 선생들은 화를 냈고, 화낼 거라는 예측으로 던진 말에 친구들은 웃음을 터뜨렸다. 읍내동에서 그나마 똑똑한 아이로 취급받던 나는 전민동에 오자 멍청한 아이가 되었다. 달라지는 상황 앞에서도 예측이 정확한 사람은 대단한 사람처럼 보였다. 얼마나 많은 냄비를 써봐야 어느 냄비를 쓰든 라면 물을 정확히 맞출 수 있을까. 얼마나 많이 문제를 풀어봐야 어떤 선생이든 무슨 문제를 낼지 알아맞힐 수 있을까. 얼마나 많이 꽃을 키워봐야. 얼마나 많이 꽃을 죽여봐야. 다짐을 더 자주 다지는 것밖에는 내가 나의 미래를 위해 할 수 있는 게 없었다. 나는 다짐에 골몰했다.

소영의 예측 방식은 달랐다. 내 방식이 먼 곳에 놓인 돌멩이를 보려는 거라면, 다른 사람들의 방식이 쥐고 있는 돌멩이를 꾸준히 쥐고 있는 거라면, 소영의 방식은 돌멩이들의 위치를 파악하고 바둑을 두는 것이었다. 현실에 두는 돌 하나로 미래의 돌의 위치를 바꿔놓았다. 소영의 곁에서 나는 까마득하게 느껴졌던 미래가 현실을 향해 마구 달려오는 것을 보고는 했다. 막연한 단어로만 꺼내보았던 미래가 현실 속에서 펼쳐지는 것을 목격했다. 소영은 현실이라는 그물로 미래를 포획하는 유일한 아이였다. 제 마음대로 꽃을 피우고 죽일 수 있는 유일한 아이였다.

빈대

기름때에 전 환풍기가 음악 소리만큼이나 커다란 소리를 내며 돌아가고 있었다. 제목을 알 수 없는 7080 노래가 흘러나왔다. 노래만큼이나 유행이 지난 영화 포스터들이 벽에 덕지덕지 붙어 있었다. 테이블은 손바닥이 들러붙을 정도로 끈적거렸다. 새빨간 글씨로 '그대 그리고 나'라고 적혀 있고, 그 옆에 생맥주잔 그림이 그려져 있는 간판을 발견하고 우리는 이곳에 들어왔다. 전민동 안에서 또다른 동네로 순간이동을 한 것만 같았다. 모르긴 몰라도 전민동이 개발되기 이전부터 있던 술집일 거였다. 상가도 학교도 사람들도 대부분 개발 이후에 생겨났고 몰려왔지만, 개발 이전부터 이곳에 살고 있는 사람들도 있었다. 그들은 낡은 술집이나 세탁소, 약

국이나 식당 같은 것을 운영했다. 반에서도 꼭 두세 명 정도
는 이런 주민들의 자식이 있었다. 아람 같은 경우였다. 아람
은 자기야말로 진짜 전민동 토박이라고 했지만, 아이들 사
이에 껴 있는 아람을 보고 있을 때면 나와 똑같은 외부인처
럼 보였다. 그랬기에 내가 전학을 왔을 때 제일 먼저 친구가
되었다. 술을 마시고 담배를 피우는 아람의 친구들이 한 명
씩 차례대로 나의 친구가 되었다. 아이들은 아이들을 구분할
줄 알았지만 구분짓지는 않았다. 전민동 외부인과, 외부인처
럼 보이는 내부인과, 내부인. 내부인은 실은 내부인 행세를
할 뿐 가장 먼 곳에서 온 외부인이라는 것을 우리는 알고 있
었다. 하지만 아람과 아람의 친구들은 학교 안에서 또다른
외부인 취급을 받았다. 혼자 외부인이었던 나는 이 아이들
을 만나면서부터 함께 외부인이 될 수 있었다. 전민동과 어
울리지 않는 낡은 술집 같은 곳만이 우리를 기분좋게 받아주
었다. 테이블 두 개를 붙여놓고 여덟 명의 아이들은 둘러앉
았다. 각자의 소주잔에 콜라와 소주를 섞었다. 건배를 하고
목을 젖혀 단숨에 삼켰다. 콜라 섞인 소주를 위스키처럼 마
신 후, 드라마에 나오는 보스처럼 한쪽 눈을 찡그렸다. 각자
의 입술에 담배를 물었다. 두 볼이 합죽해질 때까지 담배를
빨았다. 보스들의 테이블 위로 안주가 올라왔다. 번데기탕이

었다. 하나의 뚝배기에 여덟 개의 숟가락을 담갔다. 소영이나 다른 아이가 돈을 더 낸다면 더 좋은 안주를 시킬 수도 있었지만, 우리는 웬만해선 더치페이를 했다. 더 내고 싶은 아이가 없었다기보다는 얻어먹고 싶은 아이가 없었기 때문이었다. 가장 돈이 없는 친구를 기준으로 안주를 시켰다. 하나의 안주를 나누어 먹었다. 그게 우리를 뿌듯하게 만들었다. 테이블은 넓고 뚝배기는 작아서, 숟가락을 담글 때마다 의자에서 일어나 손을 뻗었다. 국물을 흘리지 않으려 거북이처럼 목을 빼고 숟가락에 입을 갖다 대었다. 번데기를 좋아하는 아이는 한 명도 없었는데도 앞다투어 숟가락질을 했다. 소주와 함께 있으면 어떤 음식이든 성찬이 되었다. 허겁지겁 숟가락질을 하다가 담배를 물면 우리는 금세 보스의 표정으로 돌아갔다. 미간을 찌푸리고 연기를 내뱉었다. 담뱃재를 톡톡 털었다.

번데기는 일찌감치 사라졌다. 국물도 바닥났다. 저마다 빈 뚝배기 바닥을 들여다보았다. 벽에 붙어 있는 메뉴판을 곁눈질했다.

"오백원밖에 없는데."

아란이 오백원짜리를 꺼냈다. 모두들 오백원짜리를 꺼냈다. 안주를 더 시키기에는 돈이 모자랐다.

"내가 만들어볼게."

아람은 모은 돈을 들고 밖으로 나갔다. 번데기 통조림을 손에 들고 돌아왔다. 소맷자락을 걷어붙였다.

"김치하고, 뜨거운 물 좀 주세요."

아람은 빈 뚝배기에 통조림 번데기와 김치를 넣고 뜨거운 물을 부었다. 숟가락으로 휘휘 저었다. 통조림 하나보다 열 배는 비싼 번데기탕을 다시 만들어냈다. 우리는 보스들처럼 천천히 고개를 끄덕이며 박수를 쳤다. 아람도 고개를 치켜들고 보스처럼 엄지손가락을 내밀었다. 사장이 우리를 흘끔거렸다. 번데기탕은 이번에도 금세 사라졌다. 다시 한번 뜨거운 물을 달라고 했다. 사장이 다가왔다.

"주민등록증 좀 보자."

"놓고 왔어요."

우리는 입을 모았다. 당장 나가라고 사장은 고함을 질렀다. 빈털터리 친구와 함께 빈털터리가 되어갈 때마다 어른들은 우리에게 화를 냈다. 반갑게 받아주던 낡은 술집도 떨떠름한 표정으로 받아주던 신식 카페도 우리를 내쫓았다. 거리에서 만난 어른들은 집으로 가라고 내쫓았다. 놀이터도, 주차장도, 골목도, 오래 있을 장소가 되어주지 않았다. 어디에서든 우리는 보스였지만, 어디에서든 우리는 빈대였다.

"남은 소주만 마시고요."

"나가라니까."

사장은 경찰에 신고하겠다고 했다. 너희는 소년원에 가게
될 거라고 했다.

"남은 것만 마신다니까."

우리는 목소리를 높였다. 우리는 자꾸만 누군가와 싸우게
되었고, 사람들은 우리가 잘못됐다고 했다. 누군가에게 보
내는 편지보다도, 혼자 적어보는 일기보다도, 더 많은 반성
문을 우리는 써왔다. 먼저 잘못한 어른들 탓을 하며 억울해
했다.

사장은 주머니에서 핸드폰을 꺼냈다. 112를 누르고는 액정
을 보여주었다. 그때 소영이 주변을 요란스레 두리번거렸다.

"나가자."

아이들은 재빠르게 가방을 챙겨 술집을 나왔다. 소영은 웃
고 있었다.

"미성년자 받는 술집이 있어요."

상가 앞 벤치에서, 소영은 112에 전화를 걸었다.

"애들밖에 없으면서 뭘. 짭새 뜬다, 곧."

소영이 의기양양하게 말했다. 아이들은 벤치 앞에 침을 뱉
으며 소영의 용감함을 칭찬했다. 금세 경찰들이 가게로 들어

갔다. 우리는 길가에 서서 가게를 지켜보았다. 이제 도망칠 차례가 되었다. 내가 뒷걸음질을 칠 준비를 하고 있을 때, 소영이 경찰 중 한 명에게 걸어갔다.

"제가 신고했어요."

경찰과 소영은 얘기를 나눴다. 소영이 아이들을 향해 소리쳤다.

"집에 전화 안 한댄다. 다 같이 가자."

소영은 경찰과 팔짱을 꼈다. 우리는 경찰을 가운데에 두고 일렬로 섰다. 번데기탕의 설움에 대해 재잘재잘 토로했다. 경찰은 아버지처럼 웃었다. 파출소에 도착하자 종이를 나눠 줬다. 우리는 있었던 일들을 써 냈다. 술집 사장이 다른 경찰들과 함께 파출소에 나타났다. 술을 마신 것은 우리였는데, 사장이 취한 것처럼 고래고래 소리를 질렀다.

"나한테 무슨 원수 졌냐."

울 것 같은 얼굴이었다. 우리에게 접근할 수 없도록 경찰이 사장의 두 팔을 잡았다. 어깨를 눌러 의자에 앉혔다. 신고자의 신분이 되자 우리는 병신 취급을 받지 않았다. 병신이 된 건 사장이었다. 사장은 영업정지 처분을 받았다. 우리는 아무 처분 없이 풀려났다. 아이들은 팔짱을 끼고 거리로 나갔다. 보스처럼 팔자걸음을 걸으며 깔깔거렸다.

"새 술집 뚫었어. 얼른 와."

들뜬 목소리로 아람이 말했다. 핸드폰을 붙잡은 채 소영은 담장에 라이터를 던졌다. 담장에 부딪힌 라이터가 터지면서 불꽃을 일으켰다. 나는 소영 옆에 쪼그려앉아 소영을 따라 했다.

"가자. 강이야."

별 의미 없이 라이터를 던졌던 것처럼 우리는 별 기대 없이 아람에게로 향했다. 새 술집을 찾아내지 못했더라도 아람은 들뜬 목소리로 우리를 불러냈을 것이다. 아람은 소주병 뚜껑마다 다른 숫자가 적힌 걸 발견했다며 아이들을 불러냈고, 술집의 의자가 바뀌었다며 아이들을 불러냈다. 아무것도 발견하지 못한 날에는 이전에 발견한 무언가를 처음 발견한 것처럼 말하며 불러냈다. 아람은 발견한 모든 것을 좋다고 말했다. 아람은 좋아하는 것을 쉽게 늘려갔다. 소각장에 버려진 귀가 너덜너덜한 곰인형이라든가, 길가에서 주운 유리 구슬 같은 것. 하찮아 보이는 것들을 줍고 아람은 쉽게 좋다고 했다. 아람의 들뜬 목소리에 아이들도 쉽게 호응했다. 아무것도 아닌 것 때문에 아무것도 아니게 모이는 것, 아람은 그런 자리를 주선하는 유일한 아이였다. 우리가 각자 아무것도 아닐 때에, 아무것도 아닌 것들로 우리를 뭉치게 했다.

아람이 새로 찾아낸 술집은 7080 노래가 흘러나오지 않았다. 노래방 책자의 맨 뒷장에 실릴 법한 최신가요가 흘러나왔다. 기본 안주 또한 새우깡이 아닌 크래커였다. 우리는 네 개의 크래커를 반 개씩 나누었다. 한입씩 먹어보았다. 한 번도 먹어본 적 없는 맛이었다.

"오렌지맛이 나."

아람과 소영은 고개를 끄덕였다. 먹어보지 않은 크래커를 먹게 되는 것. 소주를 마시고 혀의 마비를 느껴보는 것. 네온사인이 색을 바꾸는 패턴을 이해하는 것. 네온사인이 꺼진 뒤 도로에 차오르는 새벽 물안개의 냄새를 맡아보는 것. 내가 집에 들어가지 않는 것은 그런 것들 때문이었다. 알지 못했던 다른 세상이 이 세상 안에 있다는 걸 알게 되는 것. 하찮고 안 하고는 중요하지 않았다. 우리는 자꾸 다른 곳으로 가고 싶어했다. 모르는 곳으로 가고 싶어했다.

"나 집 나갈 거다. 같이 나갈 사람?"

오렌지맛이 나는 크래커를 입에 넣으며, 소영이 말했다.

가장 좋아하는 장소

'집 나가면 병신같이 살아야 하잖아.'

그 말을 떠올렸다. 소영은 밖이 좋아진 걸까, 집이 싫어진 걸까, 집을 나가도 병신같이 살지 않을 자신이 생긴 걸까. 소영과 함께 집을 나가면 어떻게 살게 될까. 비행기 한 대가 불을 밝히고 밤을 거슬러올라가는 것이 보였다. 비행기는 무엇이든 거스를 수 있다. 중력도 거스르고, 시간도 거스르고, 날씨도 거스르고. 그 비행기는 어떤 장소에 도착할까. 모르는 사람들과 모르는 건물들과 모르는 하늘로 이루어져 있을 것이다. 아무것도 모르지만 아무런 질문도 대답도 필요하지 않을 것이다.

사람들은 우리에게 질문을 했다. 담임은 착실하게 지낼 수 있느냐고 물었다. 모텔 주인은 성인이 맞느냐고, 정확히 몇 명이 자고 갈 거냐고 물었다. 경찰들은 주민등록번호를 물었다. 질문에 잘 대답하면 무언가를 얻었다. 담임은 칭찬을 해줬고, 모텔 주인은 방을 내줬고, 경찰은 부모에게 우리의 악행을 부드럽게 말해줬다. 질문에 잘못 대답하면 무언가를 잃었다. 담임은 쉬는 시간을 갈취했고, 모텔 주인은 따끈한 잠자리를 빼앗았고, 경찰은 부모에게 우리의 악행을 과장되게 말했다. 질문은 늘 숨이 막혔다. 어떤 질문도 우리가 궁금해서 하는 것은 아니었다. 우리를 의심했기 때문이었다.

인터넷 사이트 따위도 우리에게 질문을 했고, 답을 요구했다. 회원 가입을 하려면 질문과 답을 선택해야만 했다. 잊어버린 비밀번호를 되찾기 위한 장치라고 사이트는 설명했다.

'존경하는 선생님의 이름은?'

'감명깊게 읽은 책은?'

'가장 좋아하는 장소는?'

나는 아무 질문이나 선택하고는 대답 칸에 '재떨이'라고 적어놓았다. 처음 그 답을 입력하던 PC방에서 재떨이가 내 옆에 놓여 있었다. 아무렇게나 적어놓은 답을 반복하자 세상에 없는 답을 알고 있는 것 같았다. 재떨이라는 이름의 선생님, 재떨이라는 책, 재떨이라는 장소. 아무렇게나 선택한 낱말 하나가 고유한 대답이 되었다. 누군가 질문을 해올 때마다, 나는 대답하고 싶어졌다.

"주민등록번호가 뭐야."

"재떨이."

이렇게 대답하는 날이 온다면, 처음으로 내가 누구인지를 그들에게 고백한 날이 될 것 같았다.

어느 날인가부터 인터넷 사이트의 질문 항목 중에서 '가장 좋아하는 장소는?'을 선택했다. 답으로 '무인 모텔'을 적었다. 친구의 생일이 다가오면 우리는 몇 주씩 돈을 모았고, 그 돈으로 무인 모텔에 갔다. 환하게 불을 밝힌 무인 정산기는 친절했다. 정산기는 우리를 반가워했다. 꼬박꼬박 존댓말을 썼고, 질문을 하지 않았다. 무인 모텔은 재떨이를 닮았다. 어디에나 있고, 아무나 쓰고, 아무나 더럽히고, 더럽혀도 다시 새것이 되고, 우리에게 아무것도 묻지 않았다. 그곳은 우리에게 집이 되어주었다. 해변에 온 것처럼 우리는 한꺼번에 옷을 벗었다. 남이 흘리고 간 체모 위에 우리의 체모를 흘려놓았다. 모든 방에 똑같이 준비되어 있을 포르노를 틀어놓았다. 바다에 둘러앉아 소주를 마셨다. 뒹굴거리다보면 누가 누구인지 잊었다. 자정이 되면 친구의 생일을 축하

했다. 아침이 되면 차례대로 화장실에 들어가 비치되어 있는 칫솔 두 개로 돌아가며 이를 닦았다. 같은 샴푸로 머리를 감고 같은 수건으로 물기를 닦았다. 거울 앞에 놓인 스킨과 로션을 같이 발랐다. 아무나 쓸 수 있는 샴푸 냄새와 로션 냄새를 똑같이 풍기며 같은 냄새가 되었다. 나는 친구들이었다. 전날에 묵었던 손님이었다. 옆방, 윗방, 아랫방 손님이었다. 내일 묵을 손님이었다. 아무나였다. 그날은 세상 누구나의 생일이었다.

"좋아, 나 콜."

아람이 먼저 소영과 함께 집을 나가겠다고 말했다. 아람은 소영에게 팔짱을 끼고 연신 '좋아'와 '새로운 걸 찾았어'를 연발하겠지. 가끔은 오늘처럼 오렌지맛이 나는 크래커도 찾아낼 것이다.

"나도 갈래."

내가 말했다. 소영은 고개를 끄덕였다. 우리는 손에 든 크래커를 마저 입에 넣었다.

핸드폰에 대해선 실랑이가 있었다. 소영은 한사코 핸드폰을 가져가야만 한다고 했다. 아람과 나는 안 된다고 했다. 핸드폰은 갖고 있으면 켜고 싶어지고, 켜는 순간부터 위치가 추적된다는 것을 아람과 나는 경험상 알고 있었다. 소영은 핸드폰 없이는 집을 나가지 않겠다고 했다. 왜냐는 물음에 소영은 답했다.

"그래야만 하니까."

단단한 돌처럼 소영이 어금니를 물었다. 더는 토를 달 수 없었다. 말을 하는 순간, 강물이 튀어나온 돌을 비껴 흐르는 것처럼, 말들이 뿔뿔이 흩어질 거였다. 아람과 나는 절대 핸드폰을 켜지 않겠다는 약속을 소영에게 받아냈다. 물속에서 꺼낸 말간 돌처럼 소영은 쨍하게 하얀 이를 드러냈다. 소영은 빨간 볼펜을 들고 썼다.

'핸드폰과 충전기.'

노트에는 네 가지 색깔의 글씨가 쓰여 있었다. 빨강은 소영, 노랑은 아람, 파랑은 나, 검정은 공통으로 챙겨올 품목이었다. 맨 위의 단어부터 동그라미를 치며 함께 읽어내려갔다.

"이십만원은 검정, 속옷과 여벌의 옷 검정, 칫솔도 검정, 면도기, 손거울은 노랑, 비비크림, 눈썹 미는 칼, 아이라이너랑 섀도, 틴트는 빨강, 샴푸랑 비누는 파랑······"

서울로 가자고 소영은 말했고 아람과 나는 동의했다. 언제 집을 나가야 할지에 대해서는 의견이 달랐다. 아람은 기왕이면 기말고사가 있기 전에 나가자고 보챘다. 소영은 기말고사가 끝나면 나가자고 했다. 집을 나갈 생각은 있어도 성적을 포기할 생각은 없다며 소영은 단호했다. 나는 어느 쪽이든 상관없었다.

소영은 크림색 정장 바지에 하얀 스니커즈를 신고 빨간 캐리어를 끌고 나타났다. 나는 소영의 바지 밑단이나 캐리어의 손잡이 같은 것들을 힐끔거렸다.

'새빨간 캐리어라니.'

나는 삼선 트레이닝복을 입고 구겨진 쇼핑백을 들고 있었다. 소영은 나를 보며 입꼬리를 올렸다. 나도 억지로 입꼬리를 올렸다. 세수도 양치도 제대로 할 수 없는 날들이 약속되어 있었다. 크림색 바지와 하얀 스니커즈는 사흘이면 더러워질 터였고, 빨간 캐리어는 휴대성이 떨어져 짐이 될 게 뻔했다. 교복에 클러치 백을 들고 있는 학생처럼 소영이 우스꽝스러워 보였다. 하지만 빨간 캐리어는 예뻤고 소영에게 잘 어울렸다. 집을 나갈 때조차 빨간 캐리어를 끌고 와야 하는 소영의 태도에는 '그래야만 하니까'라는 말처럼 입을 다물게 만드는 무언가가 있었다. 홍수가 나거나 전쟁이 나도 소영은 빨간 캐리어를 끌고 집을 나설 것 같았다. 그 누가 자신을 우습게 바라보더라도 아랑곳하지 않을 것 같았다. 소영이 걸을 때마다 바지의 무릎 부분에서 슬개골의 윤곽이 나타났다가는 사라졌다. 나는 나의 무릎을 곁눈질했다. 트레이닝복의 무릎 부분이 늘어나 있지 않은 것이 다행스러웠다. 쇼핑백 안에 들어 있는 돼지저금통 두 개가 쩔렁거리는 소리를 내지 않도록 조심스럽게 걸었다.

아람은 NY라고 써진 야구모자를 쓰고 책가방을 메고 나타났다.

"바지 어디서 샀어?"

아람은 소영을 보자마자 소영의 복장에 대해 질문했다. 바지와 캐리어가 예쁘다는 것, 소영에게 잘 어울린다는 것, 자신도 그런 옷을 사고 싶다는 것, 하지만 며칠 안에 바지는 더러워지고 캐리어는 짐이 되고 말 거라는 것, 그래도 너한테는 그게 잘 어울린다는 것. 내가 말할 수 없었던 것들을 아람은 아무렇지도 않게 말했다.

소영의 빨간 캐리어 안쪽 포켓에는 신용카드 한 장이 들어 있었다. 아람의 책가방에는 금반지와 금목걸이들이 들어 있었다. 상가의 입구에서 우리는 흩어졌다. 소영은 현금인출기에서 현금 서비스 인출을 했다. 아람은 금은방에서 반지와 목걸이들을 팔았다. 나는 은행에 들어가 동전을 지폐로 바꿨다. 돈을 들고 우리는 상가 입구에서 모였다. 지폐를 지갑에 넣으며 소영이 말했다.

"머리부터 할까?"

아저씨들

삼층 건물로 된 신주쿠미용실에 들어갔다. 대전 시내에서 가장 큰 미용실이었다. 그 앞을 지나갈 때마다 나는 미용실 안 사람들을 구경했다. 사람들은 머리에 비닐을 뒤집어쓴 채 다리를 꼬고 앉아 있었다. 무릎 위에는 커다란 쿠션이 놓여 있었고, 그 쿠션 위에는 잡지가 펼쳐져 있었다. 한 손에는 머그잔이 들려 있었다. 어떤 사람들은 쿠키를 집어먹고 있었다. 어떤 사람들은 종업원으로부터 네일케어를 받고 있었다. 그들은 머리 모양을 바꾸고 있다기보다는 귀빈이 되어 접대를 받고 있는 것처럼 보였다.

종업원이 일본어로 인사를 외치며 안내했다. 종업원은 무릎을 꿇고 앉아 헤어스타일 모음집과 음료수 메뉴판을 건네

주었다. 소영은 아메리카노를 아람은 스무디를 나는 아이스
초코를 선택했다. 음료수를 마시며 헤어스타일 모음집을 돌
려보았다.

"셋이 똑같은 머리를 하고 있으면 금방 잡힐 거야."

아람이 말했다. 소영은 영양을 듬뿍 넣은 매니큐어를 선택
했고, 아람은 하늘색 염색을 선택했다. 나는 푸들 같은 파마
를 선택했다. 다리를 꼬고 앉아 처음 보는 광고들이 가득한
잡지를 진지하게 읽었다. 각자 마련한 이십만원 중 십만원
이상씩을 미용실에서 써버렸다.

"우리 서울에 가도 먹어주겠다."

아람이 거울에 코를 바짝 대고 말했다. 나는 쟁반 위에 놓
여 있던 쿠키를 마저 집었다. 소영의 쟁반에는 쿠키 몇 개가
남아 있었다. 집었던 쿠키를 도로 쟁반에 내려놓았다.

대전역에서 신탄진역을 향해 달릴 때, 기차는 읍내동 굴다
리 위를 지나갔다. 언덕 꼭대기에 동건빌라가 보였다. 우리
집 창문도 보였다. 기차에 탄 사람들이 우리집을 볼 수 있다
는 사실을 처음 알았다. 강이가 지금 창밖을 바라보고 있다
면, 나와 마주보고 있는 셈이었다. 행인도 없는 창밖을 바라
보면서 강이는 멀리 떠나는 사람들과 매일 눈을 맞추었을지

도 몰랐다. 꼬마들은 아직 학교에 있는지 보이지 않았다. 교실 안에서 기차 소리를 듣고 있을 거였다. 그토록 큰 소리를 내며 멀어져갔던 기차였지만 객실은 조용했다.

서울역에 내려 지하철역으로 향했다. 매표 기계 앞에서 나는 침을 삼켰다. 지하철 노선도를 바라보았다. 어지럽게 엉켜 있는 색색의 선들이 부담되었다. 대전은 지하철 1호선 공사가 한창이었다. 한 번도 지하철을 타본 적이 없었다. 나도 모르게 소영을 바라보았다. 외제 사탕 통을 가지고 있는 소영이라면, 영어 교과서를 유창한 발음으로 읽어나가는 소영이라면, 지하철 정도는 타보았을 것이라고 여겼다. 소영은 주머니에 손을 넣은 채 가만히 서 있었다. 내가 보고 있다는 것을 알고 있으면서도 다른 행인들만 주시하면서 딴청을 부렸다. 대전을 벗어나고서야 전민동 아이 또한 충청도 아이에 불과하다는 사실을 알았다. 소영의 크림색 정장 바지가 촌스러워 보였다. 서울 아이들은 이런 바지를 입지 않을 것만 같았다. 그러나 서울 아이 또한 한국을 벗어난다면 마찬가지일 것이다. 우리는 모두 변방의 사람들이었다. 우리는 서울 사람들이 지하철 표를 뽑는 과정을 유심히 관찰했다. 표를 넣고 개찰구를 무사히 통과했을 때, 시험에 통과한 것처럼 기뻤다.

우리는 무인 모텔 대신에 무인 공간을 찾아냈다. 숨어 있기 가장 좋은 곳은 CCTV가 없는 고층 아파트의 비상용 계단이었다. 아파트 옥상 입구 계단에는 먼지가 쌓인 세발자전거와 정체를 알 수 없는 나무 조각상과 감자 포대 같은 것들이 쌓여 있었다. 어느 아파트든 옥상 문은 열리지 않았다.

"잠가둘 거면, 문을 왜 만들어놨지."

소영은 옥상 입구의 잡동사니들 옆에 캐리어를 놓아두었다. 아람은 소화전 문을 열어 소방 호스들 틈에 책가방을 넣어놓았다. 내가 들고 온 쇼핑백은 금세 찢어졌다. 나는 가져온 옷을 몇 겹이나 껴입었다. 칫솔 같은 것들은 아람의 가방 안에 함께 넣었다. 우리는 계단에서 밥을 먹었다. 옷을 갈아입었다. 낮잠을 잤다. 서늘하고 조용했다. 심심해지면 우편함에 꽂혀 있는 전단지들과 고지서들을 모아왔다. 재미있는 내용이 적힌 편지가 끼어 있었으면 좋겠다고 기대했지만 편지가 있었던 적은 한 번도 없었다. 홈쇼핑 잡지 같은 것들이 끼어 있기는 했다. 우리는 먹어보지 않은 피자 메뉴를 살펴보고 잡지 속 모델의 얼굴을 품평했다. 목이 말라오면 현관문에 걸린 우유 주머니를 뒤졌다. 그러는 것도 지겨워지면 아파트 단지 내에 있는 놀이터에 찾아갔다. 양말이나 도토리 묵 같은 것들을 트럭에 실은 장사꾼들이 스피커로 호객행위를 하며 지나가기도 했고, 삼삼오오 모인 아줌마들이 유아차를 끌고 다니며 목소리를 높이기도 했고, 어느 집 개들이 짖기도 했지만, 어떤 소리가 들리든 평일 낮의 아파트는 이삿짐을 뺀 집처럼 한산하고 조용했다. 우리는 너무 쉽게 눈에 띄는 스파이 같았다. 아무것에도 관심 없어 보이는 사람 중 누가 우리를 유심히 관찰하다 신고해버릴지 알 수 없었다. 우리는 놀이터에 있는 장애인용 화장실에 들어가 문을 잠갔다. 번듯한데 아무도 사용하지 않았고, 문이 잠겨 있어도 크게 의심받지 않았다. 그곳에서 양치도 했고 머리도 감았고 팬티도 빨았다. 젖은 팬티는 입고 다니며 체온으로 말렸다. 놀이터에 앉아 있는 할아버지가 우리를 유심히 바라보면 다른 아파트 단지로 옮겨갔다.

저녁의 계단은 안전하지 않았다. 계단에는 대부분 센서등이 달려 있었다. 움직일 때마다 신호탄을 보내는 것처럼 불이 켜졌다. 움직이지 않았는데 켜지기도 했다. 화장을 하면서 우리는 어느 동네로 가볼지를 의논했다. 아람이 '명동 돈가스'와 '명동 스파게티'를 떠올려냈다. 대전 시내에 있는 가게에서 명동에서 왔다는 돈가스와 스파게티를 먹어본 적이 있었다. 식전에 수프를 주는 돈가스 가게는 포근했고, 식후에 사이다를 주는 스파게티 가게는 친숙했다.

명동역에서 내려다본 명동 중앙로는 사람으로 뒤덮여 있었다. 새까만 머리통이 촘촘하게 늘어서 있어 거대한 개미떼가 도로를 점령하고 있는 것처럼 보였다. 우리는 흔쾌히 개미떼에 합류하여 걸어다녔다. 진짜 명동 돈가스 가게도 찾아보고 진짜 명동 스파게티 가게도 찾아보았다. 그리고 밤이 되길 기다렸다. 네온사인이 켜지기를 기다렸다. 열한시가 되자 명동의 인파는 약속을 한 것처럼 지하철역을 향해 걸어갔다. 가게의 불들이 하나둘 꺼져갔다. 열두시가 가까워지자 사람들은 지하철역을 향해 뛰기 시작했고, 명동은 텅 비어갔다. 대전은 은행동이 시내였다. 낮이든 밤이든 은행동에서 모든 유흥을 해결했다. 밤이 깊어질수록 시내가 화려해지는 것은 당연한 일이었다. 밤과 함께 텅 비어가는 시내가 있다는 것이 이상했다.

"다들 어디로 가는 거예요?"

지하철역으로 들어가는 행인을 붙잡고 물어보았다. 행인은 눈썹을 찌푸리더니 지나가버렸다.

"지금 사람이 가장 많은 동네는 어디예요? 여기서 가까운 곳 중에서요."

다른 행인을 붙잡고 물어보았다.

"종로로 가야지."

우리는 택시를 타고 종로에 갔다. 우리가 기다리던 네온사인과 인파는 그곳에 있었다.

"다들 여기로 왔나봐."

우리는 웃었다. 명동의 사람들과 종로의 사람들이 서로 다른 사람들일 수도 있다는 생각은 하지 못했다. 학교가 끝나면 아이들이 우르르 몰려 떡볶이집이나 오락실에 가는 것처럼, 명동의 사람들이 어느 시간이 되면 종로로 이동하는 줄 알았다. 서울이 얼마나 거대한 도시인지, 얼마나 많은 사람이 서울에 사는지 우리는 몰랐다. 서울 사람들만의 비밀 경로를 알아낸 듯이 우리는 기뻐했다.

우리는 매일매일 종로에 앉아 있었다. 술에 취한 남자를 보면 아람이 다가갔다. 아람은 그 남자를 데리고 돌아왔다.

"아저씬 왜 데리고 왔어."

소영이 아람을 잡아끌었다.

"같이 다니면 좋잖아."

"돈은?"

"안 물어봤는데."

아람은 빙글빙글 웃었다. 이후로 술에 취한 남자를 보면 내가 남자에게 다가갔다.

"저기요, 집에 가야 하는데 지갑을 잃어버려서요. 차비 좀 빌려주시면 안 될까요."

이따금 만원짜리를 내어주는 사람도 있었다.

"어제도 받아갔잖아."

한 남자는 막역한 사이처럼 내 팔을 툭툭 치며 말했다. 나는 친구들을 향해 뛰어갔다.

"어제 줬던 그 사람이래."

어떻게 콕 집어 그 아저씨에게 다시 말을 걸 수 있느냐고, 그 아저씨와 강이는 운명이라고. 소영은 키득거리며 놀려댔다. 운명의 아저씨는 비틀거리면서 모퉁이를 돌아갔다.

밤이 깊어가길 기다렸다. 길거리에 앉아 있기만 해도 아저씨들이 다가와 밥은 먹었느냐고 물어보았다. 뭐가 먹고 싶으냐고 뭐든지 사주겠다며 호의를 나타냈지만, 먹고 싶다는 햄버거를 사주지는 않았다. 아저씨들은 우리를 데리고 자신들이 정해놓은 데로 찾아갔다. 감자탕 아니면 해장국에 소주를 시켰고, 자신의 이야기를 늘어놓았다. 이야기 속의 아저씨들은 적어도 자기 말로는 대단한 사람들이었다. 대머리든, 쉰내가 나든, 손톱 밑이 까맣든 마찬가지였다.

"저도 아저씨처럼 살고 싶어요."

소영은 마음에 없는 말을 하며 술잔을 부딪쳤다. 아저씨들은 먹고 싶은 것을 얼마든지 시키라며 큰 목소리로 이모를 불렀다.

아저씨들은 이름을 말해주지 않았다. 그러면서도 우리의 이름은 물어보았다. 아람은 새로운 이름을 하나씩 만들자고 제안했다. 간판을 보면서도 전단지를 보면서도 나는 이름에 대해 골몰했다. 세상에 존재하는 이름은 대부분 그렇게 지어질 만한 이유가 있었다. '두배로 마트'는 두 배로 큰 마트가되고 싶은 것처럼 보였고 '카르보나라'는 카르보나라처럼 생겼다. 무엇이 되고 싶어서, 혹은 이미 그 무엇이어서 그것들은 그것이었다. 이름과 어긋날 수 있는 것은 사람뿐이었다. 초등학생 때 '제왕'이라는 남자아이가 있었다. 제왕은 웃을 때면 입을 가리고 웃었고, 말을 할 때도 사람의 눈을 똑바로 바라보지 않았다. 제왕은 제왕이 아니었고 제왕이 되고 싶어하는 것처럼 보이지도 않았다.

"이강이."

나는 나의 이름을 불러보았다. 내 이름은 나보다 우리집 개한테 더 잘 어울렸다. 단 한 번도 불려보지 못한 진짜 내 이름이 어딘가에서 나의 부름을 기다릴 것 같았다. 십자 낱말 퍼즐의 빈칸을 보는 것처럼 이름의 힌트를 찾아보았다. 이 이름 저 이름을 내 이름이라 생각해보았지만 어떤 것도 어울리지 않았다. 낭이든 당이든, 강이와 다를 것이 없었다. 내게 어울리는 이름이 있다면 '재떨이'뿐이었다. 나는 무엇도 아니었다. 되고 싶은 무언가를 분명하게 정해놓은 적도 없었다. 병신 같지 않은 누구나가 되고 싶을 뿐이었다. 무인 모텔의 누구나 같은, 그런 누구나가 되고 싶을 뿐이었다.

아람은 '반희'라는 이름을 지어왔다. 쓸 때는 '반희'지만 부르면 '바니'가 된다고 했다. 아람은 바니처럼 보이지 않았다. 바니는 눈이 동그래야 할 것 같았다. 쏙 들어간 허리에 어깨가 좁아야 할 것 같았고, 입술이 자그마해야 할 것 같았다. 하지만 '아람'이라는 이름 또한 어울리지 않는 건 마찬가지였다. 그래도 아람의 내면에는 '바니'라는 이름에 걸맞은 무언가가 있는 셈이었다.

"난 됐다. 아무거나 갖다 쓸래."

소영은 새로운 이름에 대해 생각해보지 않았다고 했다. 결국 우리는 아무 이름이나 되어야 했다. 아람은 끝까지 '반희'가 되고 싶어했지만, 아무래도 그 이름은 입에 붙지 않았다. '재떨이'를 답으로 입력했던 때처럼 우리는 아무렇게나 이름을 정했다. 참이슬을 마실 때면 누군가 '이슬희'가 되었다. 장미 문신을 한 아저씨를 볼 때면 누군가 '장미연'이 되었고 회를 먹을 때면 누군가 '이바다'가 되었다. 이름을 지어내기 어려울 때는 이미 알고 있는 이름들을 말했다. 담임선생의 이름, 반장의 이름, 연예인 이름, 만화책 주인공 이름…… 담임선생의 이름을 말할 때면 나도 모르게 담임선생의 말투를 흉내내게 되었다. 나는 그렇게 소주가 되었고, 하늘이 되었고, 만화책 주인공이 되었다. 잠깐씩 되어보는 아무 이름이 나의 이름보다 더 어울리는 순간도 있었다.

아저씨들에게 다른 이름을 말해주었고, 아저씨들 앞에서 다른 사람이 되었지만, 아저씨들은 금세 우리의 별명을 알아맞혔다. 소영은 항상 주연을 맡는 여배우 K를 닮았다는 말을 들었다. 아람은 아이돌 그룹에서 가장 노래를 잘하고 가장 통통한 가수 S를 닮았다는 말을 자주 들었다. 아저씨들은 단박에 그걸 알아맞혔다. 나에게도 마찬가지였다.

"너는 개 닮았다 야."

어려서부터 '강아지' '똥개' '개코' 같은 별명을 갖고 있었다. 강아지를 부르듯 혀를 차고 손가락을 까딱거리며 나를 부르는 아이들도 있었다. 나에게는 개를 연상시키는 면이 있다고 사람들은 말했다. 친구를 따라 화장실에 갈 때, 친구들과 함께 점심을 먹을 때, 밥을 먹고 운동장을 산책할 때, 친구들은 내게 '개 같다'고 했다. 왜냐는 반발에 친구들은 말했다.

"졸졸 따라다니잖아."

"먹자고 할 때까지 밥만 보면서 기다리잖아."

"산책만 하면 쿵쿵대며 좋아하잖아."

남들은 내가 사람에게 충성을 다한다고 했다. 매번 집을 나가는 것도 친구에 빠져 충성하느라 그러는 것이라고 했다. 엄마는 내가 아람을 졸졸 따라다니다가 '나쁜 물'이 들었다고 했다.

"그게 아니야."

"그럼 왜 나갔는데. 네가 개처럼 엄마가 없어, 뭐가 없어."

할말이 없어졌다. 나는 내가 개를 닮았다고 생각하지 않았다. 다만 의리가 있어서 그렇다고 생각했다. 같이 잡혀오면 잡혀왔지 친구를 길거리에 두고 혼자 집에 돌아올 수는 없었다. 학교에서 외부인 취급을 받는 친구들만이 내 유일한 내 부인이었고, 누구도 우리를 지켜주지 않았기 때문에 외부인끼리 의리를 지켜주어야 한다고 여겼다. 의리를 지켜갈수록 나는 더욱 개 취급을 받았다. 아저씨들에게서 '개'라는 말이 나올 때마다 아람과 소영은 비어져나오는 웃음을 참지 못했다. 나는 모든 것이 머리 스타일 때문이라고 투덜거렸다. 소영은 생머리 때문에 배우처럼 보이는 것 같았고, 아람은 하늘색 머리 때문에 아이돌 가수처럼 보이는 것 같았다. 하지만 생머리를 한다고 해서 내가 배우처럼 보이지는 않을 것이었고 염색을 한다고 해서 가수처럼 보일 리도 만무했다.

잘 곳을 구해주겠다며 아저씨들은 우리를 데리고 무인 모텔에 가기도 했다. 아저씨들과 우리는 방바닥에 동그랗게 둘러앉아 술을 마셨다. 친구들과 가는 무인 모텔과는 모든 것이 달랐다. 아저씨들은 우리가 취하길 바라며 술을 마셨고, 우리는 술자리를 빨리 끝내려고 술을 마셨다. 아저씨들과 우리는 체스판 위에 놓여 있는 검은 말과 흰 말 같았다. 한 수 한 수 말을 두듯 술잔을 들었다. 서로를 쓰러뜨리기 위한 전술들이 오고갔다. 내일은 백화점에 데리고 가주겠다든가 미용학원에 등록시켜주겠다든가 하며 회유책을 쓰는 아저씨들이 있는가 하면, 손 크기를 재보자든가 귓불이 복이 많게 생겼다든가 하며 무작정 스킨십을 시도하는 아저씨들도 있었다. 지갑에서 지폐를 꺼내 한가운데에 놓아두고 게임을 하자는 아저씨들도 있었다. 지폐를 꺼내놓았던 아저씨는 우리가 게임에서 이기면 지폐를 한 장씩 주겠다고 했다. 우리가 게

임에서 지면 셋 중 누구든 옷을 하나씩 벗으라고 했다. 어떤 땐 아저씨들에게 아버지 같다고 말하며 회유책을 쓰는 것이 힘을 발휘했다. 어떤 땐 노골적으로 싫다는 표현을 하는 것이 힘을 발휘했다. 또 가끔은 쇼핑백이 찢어진 덕에 몇 겹이나 옷을 겹쳐 입은 나의 버티기가 힘을 발휘했다.

아저씨들은 우리에게 사람이 아니었다. 그저 아저씨일 뿐이었다. 그러나 단 한 명, 잠시 사람으로 보였던 아저씨가 있었다. 빵집 점원이 진열대에 남아 있는 몇 개의 빵을 치우고 있었다. 옷가게 주인은 가게 불을 끄고 어두운 카운터에 서서 마감 계산을 하고 있었다. 낮 동안 영업했던 가게들이 문을 닫는 시간이었다. 불이 꺼져 있던 술집들이 간판 불을 켤 시간이었다. 우리는 일찍 문을 닫은 상가 앞 계단에 쪼그려 앉아 있었다. 검게 꺼져 있던 간판이 어떤 색으로 불을 밝히게 될지를 예측해보며 우리는 무릎을 끌어안았다. 맞은편 가게에서 아저씨가 가게의 셔터를 내리고 있었다. 스티커 사진점이었다. 셔터를 내리는 아저씨와 우리 사이로 손수레가 지나갔다. 액세서리를 팔던, 덮개로 싼 손수레를 두 여자가 끌며 지나갔다. 아저씨는 셔터를 다 내리고 자물쇠로 셔터를 잠갔다. 열쇠를 주머니에 넣고 손가방을 들다, 뒤돌아 우리를 발견했다. 아저씨는 흠칫 놀랐다. 손에 쥐고 있던 손가방을 가슴에 꼭 끌어안았다. 잠시 주춤거리다가 다른 사람들처럼 우리와 시선을 마주치지 않으려 노력하며 걸어갔다.

"놀라고 지랄이야."

우리는 바닥에 침을 탁탁 뱉었다. 우리가 뱉어놓은 침을 우리의 운동화로 비볐다. 밑창에 길게 들러붙는 침을 구경하다가 고개를 들었을 때, 눈앞에 만원짜리 한 장이 보였다. 지폐가 떨리고 있었다.

"뭐라도 사 먹어."

스티커 사진점 아저씨가 우리 앞에 서 있었다. 아저씨의 눈두덩에 땀방울이 고여 있었다. 아저씨는 미소를 지었다. 입꼬리를 늘어뜨리며 웃는 사람을, 나는 처음 보았다.

그 아저씨는 어떻게 해야 독특하고 우스운 스티커 사진을 찍을 수 있는지에 대해 설명했다. 찰칵 소리를 내며 우리가 사진 찍는 시늉을 할 때마다 아저씨는 기괴한 포즈를 취했다. 아저씨의 이마에서는 자꾸 땀이 흘렀고, 땀방울은 눈썹을 지나, 눈두덩을 지나, 눈 안까지 스며들었다. 땀을 닦아내지도 않고 눈만 껌뻑거리며, 계속 포즈를 취했다. 우리를 재미있게 해주려고 진땀을 흘렸다. 해변에 가서 한 달 동안 팥빙수 장사를 할 계획이라고 했다. 핸드폰을 꺼내 미리 사둔

팥빙수 기계 사진을 보여주었다.

"내가 밑천을 대고, 너희가 파는 거야. 예쁜 아가씨들이 팔면 더 많이 사 먹지 않겠어? 종일 일할 필요도 없지. 가장 더운 때, 다섯 시간 정도. 셋이서 하루에 스무 그릇씩만 판다고 생각해봐. 파라솔 아래 앉아서 바다도 보고 빙수도 먹고. 일 끝나면 너희 마음대로 놀면 돼. 숙소도 잡아줄게. 길에서 이렇게 살지 말고, 일하면서 지내자."

알록달록한 튜브들이 떠다니는 바다를 나는 상상했다. 팥빙수에 올린 색색의 젤리들과 젤리에 묻어 있는 반짝거리는 설탕 가루를 떠올렸다. 손님들이 내밀 지폐도 떠올렸다. 밤바다의 폭죽놀이도 떠올렸다. 좋은 동업자를 만난 것 같았다. 아저씨에게 내 본명과 나이를 말해주었다. 본명도 나이도 의미가 있다고 생각하지는 않았지만, 그 아저씨를 속이고 싶지 않았다. 그 아저씨를 따라가고 싶었다. 진땀을 흘리면서까지 재미있게 해주려는 사람의 이야기를, 매일매일 듣고 싶었다. 아저씨는 내게 진짜 이름을 알려줘서 고맙다고 했다. 손가방에서 수첩을 꺼내 내 이름과 나이를 적었다.

"이 이름이 선물 같은 거잖아. 간직해둬야지."

아저씨는 수첩을 가슴 주머니에 넣었다. 손바닥으로 가슴을 쓰다듬었다.

"옛날에 나도, 그렇게 산 적이 있어."

나는 고개를 갸우뚱거렸다. 아저씨는 혼자 얼굴을 일그러 뜨리며 웃고, 아무 말도 하지 않았다.

좋은 동업자 아저씨는 모텔방의 구석에서 눈만 붙이고 가겠다고 했다. 우리는 더블 침대에 올라가 잠을 청했다. 깊이 잠들 수는 없었다. 눈을 뜰 때마다 구석에 누워 있는 아저씨를 신경썼다. 아저씨는 나뭇잎 뒷면에 붙은 번데기처럼 웅크리고 있었다. 초침 소리가 들렸다. 차들이 지나가는 소리가 들렸다. 헤드라이트의 불빛이 방안을 훑고 갔다. 아주 잠깐 방이 밝아지는 순간에 아저씨가 도마뱀처럼 납작 엎드려 우리를 쳐다보고 있는 것이 보였다. 시침이 움직이는 것만큼 느리게, 오랜 시간을 천천히 기어 우리 쪽으로 다가왔다. 한참을 멈춰 코고는 소리를 흉내내기도 했다. 최선을 다해 잠든 척을 하는 아저씨가 불쌍해 보였다. 아침이 다 밝아와서야 아저씨는 우리의 침대에 가까워졌다. 아저씨의 땀냄새가 코끝에 스몄다. 얼마나 많이 땀을 흘린 것일까. 아저씨가 기어온 길 그대로 장판에 물기가 남아 있을 것만 같았다. 아저씨는 침대 위로 한쪽 손을 뻗었다. 침대의 가장자리에서 잠을 자고 있던 소영이 벌떡 일어났다.

"배에 벌레가 들어왔어."

소영은 배를 쓸어내렸다. 침대 밑에 누워 눈을 꼭 감고 있는 아저씨를 내려다보았다. 소영은 아저씨에게서 가장 먼 자리로 옮겨갔다. 아저씨와 가까운 자리로 밀려난 나는 눈을 가늘게 뜨고 아저씨를 내려다보았다. 잠버릇인 것처럼 아저씨의 손이 올라오면 나도 잠버릇인 것처럼 아저씨의 손을 쳐냈다.

"나가자."

옆에서 자고 있는 아람을 흔들어 깨웠다. 생리대를 사와야 한다며 거짓말을 한 후에 우리는 도망을 쳤다. 방을 나오면서 아저씨의 손가방을 슬그머니 훔쳤다. 아저씨는 뛰고 있는 우리를 쫓아왔다. 우리는 각자 흩어져 달렸다. 아저씨는 나를 따라왔다. 나의 머리채를 휘어잡았다.

"씨발년아."

나는 머리채를 잡힌 채 빈손을 내밀었다. 손가방은 내게 없었다. 아저씨는 내 주머니에 손을 밀어넣었다. 주머니는 비어 있었다. 아저씨는 울기 시작했다. 턱이 부들부들 떨렸다. 아저씨는 욕을 퍼부으면서 애원하는 표정을 짓고 있었다.

"살려주세요."

나도 울기 시작했다. 아저씨가 머리채를 놓았다. 아저씨와 나는 함께 울며 마주보았다. 나는 뒷걸음질을 쳤다. 아저씨는 고개를 숙였다. 눈물 몇 방울이 콘크리트 바닥에 떨어지는 것이 보였다. 아저씨는 뒤돌아섰다. 잠시 사람이었던 아저씨는 그렇게 사라졌다. 아저씨와 우리는 서로를 불쌍하게 여겼지만, 서로를 도울 수는 없었다. 아저씨는 그래도 아저씨였고, 가출 청소년은 그래도 가출 청소년이었다.

머리채를 잡힐 때마다 나는 살려달라고 했다. 길거리에서 뺨을 얻어맞기도 했다. 커다랗고 묵직한 손바닥이 날아와 고개가 부러질 듯 꺾여버릴 때마다 내가 얼마나 약한지 알 수 있었다. 열 살 때의 기억이 떠올랐다. 모르는 동네가 나올 때까지 걸어간 적이 있었다. 빳빳하게 죽은 병아리를 들고 있었다. 모르는 아파트 옥상에 올라갔다. 만화에서 본 주문을 읊조리며, 병아리를 하늘을 향해 던졌다. 병아리는 날아오르지 않고 수직으로 떨어졌다. 소리 없이 둔탁하게 뭉개졌다. 난간을 꼭 쥐고 아래쪽을 내려다보다가, 가방에 있는 것을 모조리 꺼내 하나씩 던져버리기 시작했다. 유리구슬을 던지고 교과서들을 던지고 필통을 열어 색연필을 던지고 샤프펜슬을 던지고 샤프심 통에서 샤프심을 꺼내 던졌다. 그리고 옥상을 내려왔다. 화단에는 내가 던져버린 것들이 깨어지거나 구겨지거나 부러진 채 널브러져 있었다. 눈앞이 새하얘질 때까지 서 있었다. 사물의 윤곽이 사라졌을 때, 검게 다가오는 선 하나를 이명처럼 보았다. 주워들었다. 또각 부러졌다. 샤프심만이 하늘을 가볍게 날아 무사하게 착지한다는 것을 그때 처음 목격했다.

가출 청소년은 샤프심처럼 힘이 없었다. 쉽게 부서질 수 있기 때문에, 쉽게 부서지지 않았다. 한 대, 두 대, 아저씨가 손을 올리고 고개가 돌아갈 때 땅이 휙휙 돌아가는 횟수를 셌다. 땅이 마구 흔들려 보이기 시작할 때쯤이면 누군가 우리를 구해주었다. 아저씨에게서 우리를 구해주는 사람 역시 길거리의 모르는 아저씨였다.

아침이 오면 우리는 짐을 부려둔 아파트 건물 꼭대기에 올라갔다. 언제나 졸렸다. 잠을 깊게 잔 적이 없었다. 센서등이 켜졌다. 아침이어서 눈에 띄지 않았다. 하품을 하며 아람이 말했다.

"우리가 만난 아저씨 중에 아주 나쁜 사람은 없었어. 그냥 다 불쌍한……"

"불쌍한 아저씨들은 착하든 나쁘든 결국 다 예비 범죄자야."

말을 자르며 소영이 말했다.

"열여섯 살 앞에서는?"

내가 끼어들었다.

"그렇지."

우리는 웅크리고 앉아 남은 잠을 잤다. 자는 동안에도 센서등은 꾸준히 꺼졌고 꾸준히 켜졌다.

오빠들이 술을 사준다고 할 때도 있었다. 밤이 지나가고 동이 터올 무렵이면, 넥타이 부대도 언니들도 삐끼들도 거의 사라졌고 몇몇 아저씨들과 오빠들만이 주변을 두리번거리며 거리를 어슬렁댔다. 우리는 그들이 밤새 헌팅에 실패한 패배자들이라는 걸 알아챘다. 패배자 오빠들은 우리에게 말을 걸었다. 홀쭉이와 뚱뚱이 같은, 코미디언 콤비처럼 생긴 오빠들이었다. 오빠들과 함께 이십사 시간 영업을 하는 술집들을 옮겨다녔다. 그때마다 아람은 오빠 중 누군가를 좋아하게 되었다. 오빠 중 누군가는 소영을 좋아하게 되었다. 화장실에서 화장을 고치며 소영은 말했다.

"주제에."

하루는 아람이 사라져버렸다. 술집을 옮겨다니다 뒤를 돌아보았을 때, 아람이 없었다. 아람 옆에 있던 오빠도 없었다. 점심을 먹기 위해 사원증을 목에 건 회사원들이 빌딩에서 쏟아지는 시간이 되도록 소영과 나는 아람을 찾아다녔다. 들렀던 술집에 찾아갔다. 모텔촌을 기웃거렸다. 어디에도 아람은 없었다. 교복을 입은 아이들이 하교를 하는 시간이 되자 소영과 나는 아람을 찾는 것을 포기했다. 아파트 꼭대기로 돌아갔다. 아람은 층계참에 모로 누워 잠이 들어 있었다. 아람을 흔들어 깨웠다. 아람은 침이 흐른 입가를 닦으며 일어났다.

"왔어?"

아람의 티셔츠는 목이 늘어나 있었다. 소매 부분은 너덜거렸다. 한쪽 눈은 심하게 부어 눈을 감은 것처럼 보였다. 아랫입술은 찢어져 있었다. 아람은 티셔츠의 목 부분을 매만졌다.

"벗을 때까지 맞았어."

잠꼬대를 하는 사람처럼 아람은 고백했다. 다시 누워 입맛을 다시며 잠을 잤다. 나와 소영은 눈을 감은 아람 앞에 한참을 서 있었다.

밤이 되자 아람은 목이 늘어난 티셔츠를 벗고 새 티셔츠로 갈아입었다. 그 오빠와 약속이 있다고 했다. 부어오른 눈두덩에 분홍색 아이섀도를 펴 발랐다. 센서등이 꺼질 때마다 손을 흔들어 불을 켰다.

"억지로 했다며."

"응."

거울에서 눈을 떼지 않은 채 아람이 고개를 끄덕였다.

"근데 왜 만나?"

아람은 거울을 내려놓고 나를 빤히 바라보았다. 손가락으로 아랫입술을 만지작거렸다. 센서등이 꺼졌다. 아람이 다시 손을 흔들었다.

"좋으니까. 오빠도 나 좋아해."

나는 콧방귀를 뀌었다. 아람은 나를 보며 콧방귀를 뀌었다.

"어린것아, 사랑하면 원래 싸우는 거란다."

아람은 며칠 동안 매일같이 그 오빠를 만났다. 어느 날부터 오빠는 약속 시각에 나오지 않았다. 아람은 공중전화에 매달려 음성메시지를 남기며 눈물을 흘렸지만, 다음날에 새로운 오빠를 만났다. 아람은 오빠면 누구든 어울려 다니기 시작했다. 아무 오빠와 사라져버렸다. 아무 오빠에게 성폭행을 당했다. 공공화장실 바닥에서, 노래방 의자에서, 상가 계단에서, 공원의 나무 옆에서. 아람을 성폭행한 모든 오빠는 아람을 사랑한다고 말했고, 그 말을 들으면 아람도 오빠를 사랑하게 되었다. 시간이 지나자 아저씨들과도 어울려 다니기 시작했다. 아저씨들 역시 아람을 성폭행했고, 아람은 그 아저씨들도 사랑하게 되었다.

"아저씨가 좋아?"

아람은 멍든 뺨을 감추려 화장을 덧칠하고 있었다.

"오빠가 자라면 아저씨가 되는 거야. 말해보면 다 똑같다고."

"때렸잖아."

나는 아람이 보고 있던 거울을 빼앗았다.

"그 사람들한텐 내가 필요해."

나는 거울을 쥐고 눈을 감았다. 아람이 나의 손을 잡았다. 나의 등을 토닥토닥 쓰다듬었다. 나는 손의 힘을 풀었다. 아람은 거울을 가져갔다. 다시 화장을 했다.

검은 줄무늬가 있는 아기 고양이

소영의 바지에 빨간 동그라미가 생겼다.

"소영아, 너."

소영의 엉덩이를 가리키며 내가 말했다. 종로 한복판이었다. 아무 건물에나 들어갔지만, 화장실은 잠겨 있었다. 우리는 지하철로 향했다. 소영은 뛰지 않았다. 턱을 들고 앞만 응시한 채 성큼성큼 걸어갔다. 그러나 손목에 힘줄이 튀어나오도록 주먹을 꽉 쥐었다. 빨간 동그라미는 점점 커지고 있었다. 동그라미를 가려주기 위해 나는 소영의 뒤에 바짝 붙어 걸었다. 지하철에 있는 장애인용 화장실에 들어갔다. 소영은 바지를 벗었다. 세면대에서 크림색 바지를 비벼 빨았다. 크림색이라서 그런지 아무리 비벼도 희미한 흔적이 남았다.

"씨발."

소영은 손 거죽이 벗겨질 것같이 바지를 비볐다. 바지를 화장실 바닥에 던져버렸다.

"구질구질해."

화장실 벽을 걷어찼다. 소영의 귓불이 새빨개졌다. 나는 바닥에 떨어진 바지를 주웠다. 핸드 드라이어에 바지를 말렸다. 소영은 아람과 나를 데리고 백화점에 갔다. 크림색 정장 바지를 골랐다.

"돈 없잖아."

목소리를 낮추어 소영에게 말했다.

"카드 있어."

소영은 주머니에서 카드를 꺼냈다.

"도난 신고가 되어 있으면 어떻게 해."

"그럴 리 없어."

카드는 정상 승인되었다. 소영은 매장의 거울에 자신의 모습을 비춰보며 머리카락을 쓸어넘겼다. 소영이 가장 참을 수 없는 것은 손톱 밑이 까만 아저씨도 계단에서의 생활도 아닌, 크림색 바지에 묻은 빨간 동그라미였다. 카드를 긁었으니 이제 소영의 엄마가 우리의 위치를 파악하는 건 시간문제였다.

"다른 데로 가야 해. 추적당할 거야."

주변을 두리번거리며 내가 말했다.

"기다려. 현금인출기로 먼저 간다."

현금 서비스를 받는 소영의 뒤에 서서 나는 옷매무시를 단정히 했다. 현금인출기에 달려 있을 CCTV를 통해 소영의 엄마가 나를 바라보고 있을 것 같았다.

"이제 어디로 가지."

나는 머리를 긁적였다.

"청주."

돈을 세던 소영이 말했다. 가본 적은 없었지만 청주는 우리에게 익숙한 도시였다. 내가 전민동으로 전학을 간 것처럼, 청주 아이들은 대전으로 유학을 왔다. 청주 아이들은 반박자 정도 유행이 지난 신발을 신은 채 전학을 왔고, 대전 아이들보다 충청도 사투리를 더 많이 썼다. 같이 시내에 나가면 스타벅스에 들어가보고 싶어했고, 대전 버스가 청주 버스보다 빨리 달려서 무섭다고 말했다. 우리는 충청도로 돌아갔다. 소영의 크림색 정장 바지가 가장 세련될 수 있는 청주로 갔다.

청주로 향하는 버스 안에서, 나는 소영이 핸드폰을 꺼내는 것을 보았다. 어깨너머로 소영의 핸드폰 액정을 흘끗 보았다. 소영은 전원 버튼을 눌렀다. 진동이 끝없이 울리기 시작했다.

'소영아, 소영아……'

소영을 부르는 문자메시지가 쉬지 않고 이어졌다. 소영의 부모는, 낮에는 소영이 더울 것을 걱정했고, 밤에는 소영이 잠잘 곳을 걱정했다. 또 먹을 것을, 입을 것을 걱정했다. 음성사서함에는 울음 섞인 목소리들이 쌓여 있을 것이었다. 핸드폰을 켜지 않겠다는 약속을 어긴 소영을 나무라려다 생각을 고쳤다. 귀가시간이 늦어질 때면 정화수를 떠놓았던 엄마가 떠올랐다.

'一日不讀書口中生荊棘.' 하루라도 책을 읽지 않으면 입안에 가시가 돋는다. 엄마가 나를 위해 걸어둔 서예 액자 아래, 좌탁을 펼쳐놓고 정화수를 올려둔 채로 엄마는 절을 하고 또 절을 했다. 정화수의 한쪽 옆에는 굵은 가래떡 같은 초가 밝혀져 있었고, 다른 한쪽 옆에는 나의 성적표가 놓여 있었다. 자정이 넘어 들어온 나는 초 앞에 엎드려 있는 엄마를 가만히 바라보았다.

"마음이 아파서 죽을 것 같아. 강이야."

죽을 것 같다던 강이는 내 무릎을 핥았다. 이제는 자기가 죽을 것 같다고 엄마는 말했다. 나는 누군가를 죽음으로 내모는 사람이 되었다. 죽음에 내몰린 약자가 된 채로 엄마는 나를 엄마의 액자 속으로 밀어넣고 싶어했다. 엄마는 세상에서 가장 강한 약자였다. 샤프심보다 더 강한 약자였다. 엄마의 액자는 세상에서 가장 올바른 흉기였다. 주먹보다 더 무자비한 흉기였다. 아무도 죽지 않을 거라고 굳게 믿어야만 아무도 죽지 않을 거라고 나는 어금니를 깨물었다.

소영의 핸드폰은 정화수와 같았다. 수백 통의 문자와 음성 메시지가 차곡차곡 도착했다. 소영은 무슨 생각을 할까. 어떤 기분이 들까. 엄마의 울음을 보던 나처럼 비참한 마음일까. 소영의 얼굴에서 희미한 미소를 보았다.

청주 시내에 방을 얻었다. 보증금 없이도 얻을 수 있는 작은 방이었다. 방이 생기자 아저씨들도 오빠들도 만나지 않게 되었다. 아람은 오빠와 아저씨 대신 고양이 한 마리를 주워왔다. 검은 줄무늬가 있는 아기 고양이였다.

"이제 야옹이가 있으니까, 이 방을 떠나선 안 돼."

아람은 선언하듯 말했다. 아람은 고양이 말고도 뭐든 잘 주워왔다. 매일 같은 시간에 폐지를 줍는 노인들처럼 아람은 같은 시간에 동네를 돌아 짓밟히지 않은 꽁초를 주워왔다.

담배가 떨어졌을 때 한 개비씩 나눠주었다. 슈퍼에 가서는 막 배달된 따뜻한 순두부를 바구니째로 들고 오기도 했다.

"훔쳐온 거야?"

김이 모락모락 나는 순두부 바구니를 보며 내가 물었다.

"주워온 거라니까."

아람은 순두부를 입안 가득 넣고 대답했다.

"새건데."

"새거지만, 슈퍼 앞 땅바닥에 내팽개쳐져 있었으니까 주워온 거야."

아람은 훔치는 것을 줍는 것에 포함시켰다. 아람에게 그 물건에 주인이 있느냐 없느냐는 중요하지 않았다. 그 물건이 어떻게 보이느냐가 중요했다. 주인이 있더라도 안쓰러운 모양새로 놓여 있는 물건은 뭐든 주워왔다. 그것들을 모두 발견이라고 칭했다. 소영은 아람이 내민 꽁초는 피우지 않았다. 새끼 고양이를 주워왔을 때에도 다시 거리에 놓아주라고 했다. 아람은 새끼 고양이가 아파서 안 된다고 했다. 고양이는 멀쩡해 보였다. 길에서 어슬렁거리는 것들은 원래 다 아픈 거라고 아람은 변명했다. 멀쩡해 보이는 고양이도 자세히 보면 아픈 곳이 꼭 있다는 거였다. 등이 곪았거나, 털 속에 살을 파고드는 목걸이를 찼거나, 그것도 아니면 어미를 잃었거나.

"진짜 아프다면 동물병원에나 데려가."

소영이 현관문을 향해 손가락을 뻗었다.

"돈이 없잖아. 동물병원은 절대 안 돼. 내가 길에서 멍멍이를 발견한 적이 있거든. 걔도 애처럼 멀쩡해 보였어. 참 귀여웠어. 근데 가만히 누워만 있는 거야. 꼬마들이 멍멍이를 둘러싸고 있고. 꼬마들 말이 차가 밟고 지나가는 걸 봤다는 거야. 누운 채로 멍멍이가 이빨을 드러내고 으르렁거렸어. 그것도 참 귀여웠어. 물릴 각오를 하고 목장갑을 사서 두 겹으로 꼈어. 근데 멍멍이는 나를 물려고 하질 않더라. 살펴보니까 상처가 난 곳이 하나도 없는 거야. 그래도 동물병원에 데려갔지. 의사를 보자마자 멍멍이가 짖기 시작하더라. 의사는 내장이 파열된 것 같다고 그랬어. 돈이 있냐고 묻더라. 당연히 없다고 했지. 자기가 알아서 치료해준다더라. 치료해준다면서, 집에 돌아가 있으래. 바깥에 나왔는데 쫓겨난 기분이 들어서, 창으로 계속 멍멍이를 지켜봤어. 의사가 주사를 놨어. 멍멍이는 천천히 늘어지더라."

"그래서?"

"죽은 멍멍이를 의사가 안고 가더라. 다른 한 손에는 삽을 들고. 몰래 따라갔지. 의사는 산으로 올라가더니 땅을 파고

멍멍이를 묻더라. 그 안에 뼈들이 엄청나게 들어 있었어. 다음날 병원에 가서 의사한테 멍멍이가 어떻게 되었냐고 따졌어. 잘 치료해주고 새 주인 만나게 해줬다더라. 당장 산에 올라가서 땅을 파서 땅속에 있는 걸 다 꺼냈어. 오래된 뼈들이랑 썩어가는 멍멍이랑. 병원에 찾아가서 진찰대 위에 올려놨어."

"진짜?"

"아니, 거짓말이야. 의사는 멍멍이를 쓰레기통에 버리더라. 몰래 거기 들어가 쓰레기통을 뒤졌지. 쓰레기통에는 멍멍이들 시체가 가득했어. 그것들을 다 꺼내서 산에 묻어주었어."

"진짜?"

내가 다시 물었다.

"아니, 거짓말이야."

"어디까지가 진짜야?"

"돈이 없잖아. 그게 진짜야. 동물병원은 절대로 안 돼."

소영도 더는 반대하지 않았다. 아람은 강아지 사료를 훔쳐왔다. 사료를 물에 불린 다음 고양이에게 먹였다.

아람과 내가 물을 뜨러 약수터에 다녀왔을 때였다. 고양이가 창턱에 올라가 있었다.

"이리 온."

아무리 불러도 내려오지 않았다. 천하장사 소시지를 꺼내어 흔들어 보여도 몸을 웅크리고만 있었다. 아람은 의자를 밟고 올라가 고양이에게 손을 뻗었다. 고양이는 아람의 손을 깨물었다. 아람은 한쪽 손을 고양이의 입에 내준 상태로 다른 손을 뻗어 고양이를 잡았다. 고양이의 인중에 검붉은 상처가 생겨 있었다.

"얘 왜 이래?"

아람이 소영에게 물었다.

"실수로 지졌다."

약수터에서 받아온 물을 마시며 소영이 대답했다.

"뭐라고?"

"담배 피우다가 실수로 지졌다고."

"어떻게?"

아람이 다시 물었다.

"담배 피우는데 개가 갑자기 달려들었어."

아람은 후시딘을 사왔다. 고양이의 인중에 발라주었다. 고양이는 후시딘을 번번이 핥아먹었다. 인중에 까만 흉터를 가진 채로 자라갔다. 고양이의 몸집과 함께 검은 흉터도 점점 커졌다.

창문을 열어놓았던 날, 고양이는 사라져버렸다. 아람은 길
거리를 돌아다니는 고양이를 볼 때마다 말했다.

"쟤 우리 야옹이 같은데?"

검은 고양이를 볼 때도 노란 고양이를 볼 때도 똑같이 말
했다.

"쟤 우리 야옹이 같은데?"

미끄럼틀 아래를 가리키며 아람이 말했다. 나도 소영도 대
꾸하지 않았다. 아람은 미끄럼틀 앞에서 움직이지 않았다.

"가자."

나는 아람을 잡아끌었다.

"우리 야옹이지?"

아람이 미끄럼틀을 향해 말했다. 나는 미끄럼틀 아래를 바
라보았다. 어두웠다. 고양이의 눈은 빛났지만 어떤 무늬의
고양이인지, 몸집은 얼마나 되는지는 보이지 않았다.

"가자. 아람아."

"야옹아."

그때 미끄럼틀 아래에서 고양이가 머리를 쏙 내밀었다. 인
중에 검은 흉터가 보였다.

"진짜 야옹이네."

아람의 말에 소영도 다가왔다. 고양이는 우리를 쳐다봤다. 우리는 손을 잡고 고양이에게 천천히 다가갔다. 고양이는 우리를 번갈아 쳐다보더니 미끄럼틀 아래에서 빠져나왔다. 우리는 조금 더 살금살금 걸었다. 고양이도 한 발 한 발 다가오기 시작했다. 우리는 서로를 향해 다가갔다. 고양이가 우리의 발목에 차례대로 등을 비볐다.

"다시 만나다니."

"이게 나한테도 등을 비빈다."

"우리를 기억하나봐."

고양이의 등에 손을 얹었다. 보드라웠다. 고양이를 좋아하는 아람도, 고양이를 좋아하지 않는 소영도, 이도 저도 아닌 나도, 모두 기적을 만난 심정이었다. 우리는 고양이를 다시 데리고 왔고, 고양이는 다시 사라졌고, 또 어딘가에서 우리와 마주쳤다. 고양이의 상처 때문에, 고양이를 잃어버려도 영영 잃어버리지는 않게 되었다고 아람은 말했다.

아르바이트를 찾아보자고 소영이 처음 말했을 때, 아람은 소영을 이해할 수 없다고 했다. 학교를 벗어나 자유로운 시간을 얻었는데, 그 시간에 일을 해야 한다면 학교에 다니는 게 낫다고 했다.

"돈이 있어야 동물병원도 데리고 가지."

동물병원이라는 말에 아람은 조용해졌다. 방세를 내야 할 날짜가 가까워졌다. 돈을 마련하지 못한다면 계단 생활로 돌아가야 했다. 나는 레스토랑에서 일을 하는 우리를 상상했다. 머리를 틀어올리고 나비넥타이가 달린 정장을 입고서 손님을 안내하는 모습을 떠올렸다.

"어서 오십시오, 손님. 12번 테이블로 안내해드리겠습니다."

경호원들이 쓸 법한 이어 마이크를 꽂고 경호원처럼 귀에 손을 가져다 대며 나는 말할 것이다.

"12번 테이블, 손님 들어갑니다. 세팅해주세요."

다른 상상도 해보았다. 테니스 선수처럼 분홍색 플리츠스커트를 입고 분홍색 헌팅캡을 쓰고 아이스크림을 한 스쿱 두 스쿱 동그랗게 퍼 올렸다.

"베리베리 스트로베리 더블레귤러 콘 나왔습니다, 손님."

나쁘지 않을 것 같았다.

아르바이트

친구들을 한꺼번에 고용하려는 점주는 없었다. 몇 군데에서 퇴짜를 맞고 나자 한 명씩만 가게에 들어가기로 했다. 몇몇 가게에서는 나이와 주민등록번호부터 물어왔다. 우리는 아무 번호와 아무 나이를 막힘없이 제시할 수 있게 되었다. 동안이라는 말을 자주 듣는다는 농담까지 곁들였다. 소영은 '수秀'라고 적힌 간판만 보고 들어왔다고, 술을 파는 집인 줄은 몰랐다고 아르바이트 자리를 거절하고 바에서 나왔다. 아람은 거기서 일하면 공짜 술을 마음껏 얻어먹을 수 있는 거냐며 좋아했다. 점주는 술을 아주 많이 마실 수 있는 종업원이 필요하다며 아람을 고용했다. 아람이 바에서의 아르바이트를 선택한 다음날, 소영은 커피숍 아르바이트를 선택했고,

나는 횟집 아르바이트를 선택했다.

　횟집에서 일하던 첫날, 사장은 일을 가르치며 내게 물었다.
"버터밥 좋아하냐?"
　첫날이니만큼 특식을 주겠다고 했다. 밥 한 그릇과 김치
한 접시를 양손에 들고 걸어왔다. 밥에 버터 한 조각과 간장
한 스푼을 올려주었다. 버터밥은 고소하면서도 감칠맛 났다.
그릇을 싹싹 비웠다.
　횟집 사장은 회를 뜰 줄 몰랐다. 매운탕을 끓이는 법도, 밑
반찬으로 나가는 콘 치즈를 만드는 법도 몰랐다. 돈을 빨리
세는 법은 잘 알고 있었다. 주방 이모는 회를 뜨는 법과 매
운탕을 끓이는 법, 콘 치즈를 만드는 법을 알고 있었지만, 주
로 텔레비전 보는 일을 하는 것처럼 보였다. 주방 이모는 텔
레비전 방영 시간표를 통째로 외우고 있었다. 따로따로 펼쳐
지는 드라마들의 모든 내용도 알고 있었다. 주문이 들어오면
텔레비전에서 눈을 떼지 않은 채로 회를 뜨고 매운탕을 끓였
다. 나는 찬장을 들여다보며 어느 칸에 어떤 용도의 그릇이
있는지를 외워보았다.
　다음날도, 그다음날도 사장은 버터밥을 주었다. 버터밥은
꾸준히 맛있었다.

"안 지겹니?"

비운 밥그릇을 받으며 이모는 물었다.

"다른 거 먹고 싶지 않아?"

나는 고개를 끄덕였다. 이모는 손님들이 남긴 꽁치구이 중 깨끗한 부분을 따로 잘라 접시에 담았다. 종지에 간장을 붓고 와사비를 풀어 꽁치와 함께 주었다.

"아 이모, 멀쩡한 밥 있는데 왜 그래. 걔가 개도 아니고."

사장이 돈을 세다 말고 참견했다. 이모는 '어여 먹으라'며 손짓을 했다. 꽁치 앞에서 나는 기꺼이 개가 되었다.

찬장에 그릇이 놓여 있는 순서와 여덟 페이지의 메뉴판을 모두 외우게 되자, 나는 이모의 텔레비전처럼 꾸준히 바라볼 것을 찾아냈다. 손님이 있을 때면 손님을 바라보았다. 손님이 없을 때면 수족관 안에 있는 물고기를 바라보았다. 물고기 중에서 광어가 제일 좋았다. 광어의 얼굴은 모두 똑같아 보였다. 눈은 한쪽 면으로 쏠려 있었다. 옆으로 누워 옆으로 살았다. 광어에게는 그게 정상이었다. 손님들은 광어를 제일 많이 찾았다. 손님이 들어오면 광어 한 마리가 수족관에서 꺼내졌다. 손님이 사라지면 광어 한 마리도 사라졌다. 그래도 광어는 수족관에 없는 날이 없었다. 새로 들어온 광어를 보며 나는 어제의 광어라고 여겼다. 매일 바뀌는 광어를 내가 하나의 광어로 여기듯, 손님들도 나를 그렇게 여겼다.

처음에는 이것들이 바다에서 이송되는 줄로 알았다. 옆 골목에 있는 횟집에서 왔다는 것을 나중에 알았다. 사장이 전화로 주문을 넣으면, 가슴장화를 입은 아저씨가 물고기들이 들어 있는 커다란 비닐봉지를 짊어지고 왔다. 옆 골목 횟집 이전에는 또다른 수족관 안에 있었을 것이다. 어느 수족관 이전에는 어느 양식장 안에 있었을 것이다. 이곳은 물고기들의 마지막 수족관이었다.

"헤엄쳐봐."

나는 수족관을 두드렸다. 광어는 꿈쩍도 안 했다. 잘 쌓아둔 절편들처럼 차곡차곡 쌓인 채로 있었다. 등이 흙색이어서 수족관 밑에 흙이 쌓여 있는 것처럼 보였다. 오직 그물을 드리울 때에만 광어는 푸르스름한 배를 드러내며 펄떡거렸다. 그러다 횟집 바닥으로 떨어질 때도 있었다. 떨어진 광어를 잡기 위해 나는 손을 뻗었다. 손에서 미끄러지는 물고기를 잡아챈 후에는 몇 번이나 비누로 손을 씻어도 비린내가 남았다.

아침이 가까워졌을 때에야 아람은 술에 절어 귀가했다. 아람의 가게는 밥을 주지는 않지만 아람은 늘 배가 부르다고 했다. 맛있는 안주들을 먹고 싶은 만큼 먹는다고 했다. 아람은 방에 들어오면 변기부터 잡았다. 아람의 토사물에서는 시큼하면서도 달콤한 냄새가 났다. 소화되지 못한 고깃덩어리와 파인애플 같은 것이 변기 위에 둥둥 떠 있었다. 소영은 가게에서 팔다 남은 머핀을 밥으로 먹는다고 했다. 머핀의 종류는 다양했고, 먹을 수 있는 머핀의 종류도 매일 다르기 때문에 불만은 없다고 했다. 남은 머핀이 없는 날에는 커다란 쿠키를 먹는다고 했다.

우리는 각자의 가게에서 많은 것들을 순식간에 외웠고 배웠고 얻었다. 아람은 글렌피딕이니 로얄 살루트니 하는 위스키의 이름들을 늘어놓았고, 위염을 얻었다. 소영은 에스프레소 머신의 작동법을 배웠고, 커피 울렁증을 얻었다. 나는 수십 개의 그릇을 한 번에 쌓아 나르는 법을 배웠고, 근육통을 얻었다.

바에 다니고부터 아람은 고개를 자주 끄덕거렸다. 대화를 할 때 느릿느릿 고개를 끄덕이는 그 행위는, 어른들의 것이었다. 상담 선생 같은 사람이 이야기를 열심히 듣고 있다는 표시를 하기 위해 수행하는, 드러내기만을 위한 고갯짓이었다. 텔레비전을 보면서도 아람은 텔레비전 속의 사람들과 마주앉아 있기라도 한 것처럼 성실하게 고개를 끄덕거렸다. 가끔씩은 혼잣말도 했다.

"아, 그렇구나."

"너 왜 그래?"

"뭐가?"

"아니야. 아무것도."

눈썹을 팔자로 만든 채로 아람은 텔레비전 속 사람과 마주앉아 있었다. '아' 소리를 할 때면 고개를 끄덕거렸고, 대화를 끝낼 때면 길게 말꼬리를 늘어뜨렸다. 그건 직업병 같은 것이었다. 아저씨들은 바 건너편에 앉아 말을 했고, 아람은 바 안쪽에 앉아 쉴새없이 고개를 끄덕이며 '아, 그렇구나'라 말한다고 했다.

"아, 그렇구나."

나는 아람을 따라 고개를 끄덕였다.

아람의 월급은 소영과 나의 월급을 합한 것보다 많았다. 팁을 많이 받은 날이면, 아람은 이십사 시간 운영하는 카페에서 생크림 케이크를 사왔다. 케이크에는 꼭 네 개의 초를 꽂았다. 아람, 소영, 나, 그리고 고양이를 뜻했다. 술에 취한 아람은 초를 밝히고 손뼉을 치며 노래를 불렀다.

"축하합니다, 축하합니다."

여기까지 부르고 멈췄다. 축하할 것이 없었다. 아람은 잠시 주춤거리다 노래를 이었다.

"맛있는 케이크를 축하합니다."

케이크는 언제나 축하받을 만해 보였다.

"너네도 더러운 꼴 당할 거 아냐. 어디서 뭘 하고 살든 더러운 꼴은 볼 수밖에 없는 거거든. 손님들하고 술 마시는 게 뭐 어때. 나 좋다고 나 보러 오는 건데. 좋은 마음을 주고받아야 이렇게 또 케이크도 나눠 먹는 거야."

아람이 케이크를 한 조각씩 내밀며 말했다. 달콤한 생크림 케이크를 먹으며 아람의 연설을 들었다. 처음으로 아람이 똑똑해 보였다. 고양이도 우리도 입가에 생크림을 묻혀가며 케이크를 먹었다.

청주에 방을 얻은 후로 소영은 매일 이중 세안을 했다. 잠들기 전에는 괴이한 동작들로 오랫동안 요가를 했다. 일요일이면 운동화 끈을 새하얗게 빨아놓았다. 전민동에 있을 때보다도 소영은 세련되어 보였다. 청주 시내를 걸어다닐 때면 오빠들이 소영을 힐끔힐끔 훔쳐본다는 것을 느낄 수 있었다.

소영이 하얀 운동화 끈을 빨 때면 나는 소영의 옆에 앉아 나의 곤색 운동화 끈을 빨았다. 소영이 손톱을 다듬을 때면 다 다듬을 때까지 기다렸다가 나의 손톱을 다듬었다. 이런 나를 보며 소영은 몇 마디 던지곤 했다.

"그렇게 하니까 손톱이 못생겨지지."

손톱을 감추려고 나는 주먹을 쥐었다.

"다 비법이 있어."

소영은 비법으로 가득찬 아이였다. 담뱃재를 털 때면 세번째 손가락을 튕기는 것, 콧등부터 로션을 바르는 것, 눈을 내리깔고 오른쪽으로 시선을 돌린 채 미소짓는 것, 신발을 신고 앞코로 바닥을 두 번 내리치는 것. 그런 것들이 내게는 비법으로 보였다.

눈썹을 다듬으면서 소영이 내게 물었다.

"강이야. 넌 꿈이 뭐냐."

엄마가 내게 자주 묻던 질문이었다.

"우리 강이는 꿈이 뭐야?"

어렸을 적에 나는 대답했다.

"종이접기 박사."

어린이날 선물로 아빠가 사준 종이접기 대백과 안에는 색

종이 한 장을 접어서 이 세상에 존재하는 모든 것을 만드는 방법이 들어 있었다. 책의 날개에는 저자의 사진이 실려 있었다. 사진 아래에 '종이접기 박사'라고 적혀 있었다. 색종이를 사서, 공책을 찢어서, 껌 종이를 오려서, 쇼핑백을 분해해서, 매일 나는 종이를 접었다. 별을 접고, 바구니를 접고, 도깨비를 접고, 캥거루를 접었다. 보라색 캥거루의 주머니 속에 눈이 세 개 달린 도깨비를 넣고 도깨비 손에 쿠킹 포일 바구니를 쥐여주고 그 바구니 안에 갱지로 만든 별을 잔뜩 넣었다.

"그래, 박사님이 될 거구나."

엄마는 나의 대답을 좋아했다. 하지만 가족과 의논해서 장래희망을 적어 내라는 숙제를 받았을 때, 엄마는 '종이접기'라는 글자를 수정펜으로 지우고 '박사'라는 단어만 남겨두었다. 나는 그 종이로 종이접기를 했다. 가장 접기 어려운 포인세티아를 접어 학교에 제출했다. 선생은 교사용 책상 앞에 앉아 나의 종이접기를 펴기 위해 애를 썼다. 그러다 나에게 화를 냈다. 선생이 화를 내서 나는 뿌듯해졌다. 내가 아주 잘 접었기 때문에 쉽게 펼 수 없었던 것이었다.

이제 나의 꿈은 종이접기 박사가 아니었다. 나는 단어를 떠올렸다. 병신. 하지만 최소한 병신은 되고 싶지 않다는 꿈을 어떻게 설명해야 하는 건지 알 수 없었다. 머리를 긁적였다. 내 안에 있을지도 모르는 또다른 꿈을 떠올리려 해보았다. 나의 태몽이 떠올랐다. 엄마에게 태몽을 물어본 적이 있었다. 엄마는 감자 캐는 꿈을 꾸었다고 했다. 커다란 감자 한 알을 캐서 집에 가져와 불에 구워먹었다고 했다. 숟가락으로 파먹고 또 파먹다가 설익은 부분이 나오면 다시 구워서 여기저기 계속 파먹었다고 했다. 그게 다냐고 물었더니 그게 다지만 맛있게 먹었다고 했다. 파먹히는 감자가 꿀 수 있는 꿈에 대해 생각하다가 나는 대답할 타이밍을 놓쳤다.

"너는?"

내 꿈보다 소영의 꿈이 더 궁금했다.

"웃지 마라?"

눈썹칼에 붙은 까만 것들을 떼어내며 소영은 씨익 웃었다.

"나는 미인대회에 나갈 거다. 진이 될 거야. 그리고 서울 가서 영화배우가 될 거야."

나는 학기 초에 써냈던 계획서를 떠올렸다. 가고 싶은 고등학교와 대학교, 그리고 장래희망을 적어 내야 하는 계획서였다. 아래 칸에는 그 꿈을 이루기 위해 목표로 잡아야 하는 점수를 적어야만 했다. 학년이 바뀔 때마다 으레 적어 내야 하는 종이였다. 소영의 종이에 적힌 희망 고등학교와 대학교

는 충청도 소재의 명문 고등학교와 명문 사범대였고, 장래희
망은 '전민중학교 영어 교사'였다.

"전민중 영어 교사는?"

반대쪽 눈썹을 다듬으며 소영은 대답했다.

"그건 엄마가 쓴 거다. 평생 충청도에 짱박혀 살 수는 없
지."

"엄마는 네 꿈을 몰라?"

소영은 거울 너머로 나를 보았다.

"아니까 내가 여기에 있지."

웃지 말라고 해놓고 소영은 깔깔 웃었다. 나는 소영의 엄
마가 소영의 꿈을 알고 있는 것과 소영이 여기에 있는 것에
무슨 관계가 있는 것인지 짐작이 가지 않았다. 소영이 손톱
을 다듬는 것을 보고 있어도 그 비법을 알아낼 수 없었던 것
처럼.

맨살

소영의 하얀 티셔츠가 파란색으로 보였다. 방은 푸른 수족관 같았다. 파란 셀로판지가 붙어 있는 작은 유리창이 지금 우리 방의 유일한 조명이었다. 수족관 속 물풀처럼 벽지의 무늬가 흐느적거렸다. 열대야가 지속되고 있었다. 한번 잠에서 깨면 다시 잠들 수 없었다. 머리카락과 옷이 미역 줄기처럼 몸에 달라붙었다. 한여름의 아스팔트에 쩍쩍 달라붙는 운동화 밑창처럼 몸은 요에 들러붙었다. 몸에서 시큼한 냄새가 올라왔다. 뜨거운 날숨이 도로 들숨이 되어 돌아왔다. 고양이가 할짝할짝 앞발을 핥는 소리가 들렸다. 이마를 짚어보았다. 아픈 곳은 없었지만 미열이 느껴졌다. 손바닥의 손금을 따라 땀방울이 흘러내렸다. 티셔츠의 앞섶을 펄럭여보았다.

소영은 움직임이 없었다. 자는 것처럼 느껴지지는 않았다. 나는 내일은 선풍기를 꼭 구해야겠다고 마음을 먹고 있었다. 하지만 다음날이면 선풍기를 까맣게 잊었다. 선풍기의 날개는 선풍기를 살 수 없는 깊은 밤에만 눈앞에 떠올랐다. 뱅글뱅글 돌아가며 바람을 뿜어댔다. 선풍기 날개에 대한 상상은 잠드는 것을 도와주었다. 질척한 잠 속으로 빠져들고 있을 때, 부스럭거리는 소리가 들려왔다. 소영이 상체를 일으켜 티셔츠를 벗었다. 티셔츠를 멀리 던지고 다시 자리에 누웠다. 돌아누운 소영의 등은 열대식물의 잎처럼 시원해 보였다. 나는 머리맡에 있는 담배를 꺼내 불을 붙였다.

"안 더워?"

"더워."

"그럼 너도 벗어."

나는 티셔츠를 벗고 뒤를 돌아보았다. 우리는 웃통을 벗고 사나이처럼 나란히 누웠다. 소영이 잠들 때까지 소영의 어깨뼈를 바라보다가 잠이 들었다. 아람이 돌아올 시간이 되지 않았는데 나는 잠에서 깼다. 소영이 내 젖꼭지를 핥고 있었다. 나는 눈을 뜨지 않았다.

소영과 나는 밤마다 티셔츠를 벗고 잠을 잤다. 새벽 무렵, 아람이 바에서 돌아오기 전에 소영은 일어나 티셔츠를 다시 챙겨 입었다. 나도 다시 티셔츠를 챙겨 입었다.

소영은 아무 일 없는 것처럼 행동했다. 나를 이전보다 가까이하지도 않았고, 멀리하지도 않았다. 밤이 되면 소영과 나는 당연하다는 듯 옷을 벗기 시작했다. 아무도 없을 때에나 펴보는 일기장처럼 한정된 시간에만 펼쳐지는 비밀 이야기가 되어갔다. 소영은 다리를 벌리기 시작했다. 우리는 팬티까지 벗고 알몸으로 잠들기 시작했다. 소영의 몸에서도 내몸에서도 시큼한 냄새가 났다. 끈적이는 소영의 살을 나는 꼭 끌어안았다. 소영은 내 손을 꼭 쥐기도 했고, 끈적인다며 쳐내기도 했다.

"창문 좀 치워. 너무 밝다."
등을 돌리고 누운 채 소영이 말했다.
"창문 좀 치우라니까."
소영은 팔꿈치로 나를 쳤다. 파란 창문을 바라보다가 나는 옷을 입고 밖으로 나갔다. 우리 방 창 앞에 가로등이 밝혀져 있었다. 돌멩이를 주워모았다. 가로등을 향해 하나씩 던졌다. 가로등의 갓을 맞고 돌멩이는 튕겨나갔다. 행인이 지나갔다. 행인이 사라질 때까지 기다렸다. 다시 돌멩이를 던졌다. 전구에 맞았다. 폭죽이 터지듯 전구는 꺼졌다. 방으로 돌아왔다. 방은 캄캄했다. 소영은 조용했다. 나는 뒤돌아 누워 있는 소영의 머리카락을 매만졌다. 차가 헤드라이트를 켠채 지나갔다. 사라졌던 창문이 다시 나타났다. 소영은 이불을 머리 위까지 뒤집어썼다. 다음날 나는 문방구에서 커다란 나비 스티커를 샀다. 창문 가득 스티커를 다닥다닥 붙여놓았다. 자동차가 지나갈 때마다 불빛 대신 나비떼의 그림자가 방안에 드리웠다. 눈부심도 줄어들었다. 그런데도 소영은 이불을 뒤집어썼다.

소영은 가끔씩만 옷을 벗었다. 옷을 벗지 않는 날에는 입을 굳게 다문 채 나를 뚫어져라 노려보았다.

"왜 그래?"

소영은 대답하지 않았다. 나는 소영의 눈앞에서 손을 흔들어보았다. 소영은 내 손을 낚아챘다. 손톱을 내 손등에 꽂았다. 그리고 잔뜩 힘을 주었다. 나는 소영의 손에 힘이 빠질 때까지 기다렸다가 슬그머니 손을 뺐다.

소영은 몇 시간씩 벽을 쳐다보았다. 하악거리는 고양이처럼 굴었다.

'고양이가 사나워지는 건, 화가 났을 때가 아니야. 겁을 먹

었을 때야.'

나도 소영 때문에 겁을 먹고 있었다. 소영에겐 학교와 집과 멀어지고 있다는 두려움이, 나에겐 소영과 가까워지고 있다는 두려움이 자리잡기 시작했다. 소영은 날카로워져갔고 나는 소영에게 최대한 무심한 척했다.

"씨발."

교과서를 읽는 것처럼 소영은 또박또박 말했다.

"씨발."

소영은 비명처럼 욕을 뱉었다. 나는 최대한 열심히 자는 시늉을 했다. 다음날이면 소영은 아무렇지도 않게 나를 대했다. 그다음날이면 옷을 벗기도 했고, 그다음날이면 다시 벽을 보며 욕을 하기도 했다.

'겁이 나서 그러는 거야.'

소영은 점점 다른 사람이 되어갔다. 소영이 나를 부르면 나는 소영의 다리 사이로 기어들어갔다.

세 아이

샤워를 하다 말고 소영이 욕실 문을 활짝 열고 나왔다. 소영은 방 한쪽에 개어놓은 옷을 캐리어에 주워담기 시작했다.

"집에 가자."

소영은 핸드폰을 흔들며 미소를 지어 보이더니 파우치에 화장품들을 챙겨넣었다. 소영이 웃는 건 아주 오랜만이었다.

"집에 가자니까."

"얘는 어떻게 하고."

아람이 고양이를 끌어안았다. 소영은 집에 가야 한다는 말만 반복했다. 아람은 고양이는 어떻게 하느냐고 계속 물었다. 소영은 어차피 길고양이라고 했다. 혼자서라도 집에 가겠다고 했다. 핸드폰을 흔들며 '이제 됐다'는 말만 반복했다.

나는 아람에게 지쳤다고 말했다. 근육통 때문에 매일 허리가 욱신거린다고 했다. 아람은 고양이를 끌어안은 채 말이 없어졌다. 나는 허리를 두들겼다. 우리는 집으로 향하는 버스를 탔다. 고양이도 아람의 품에 안겨 버스를 탔다.

현관문을 열자 강이가 뛰어나왔다. 엄마는 나를 보자마자 주저앉았다. 엄마는 아무것도 묻지 않았다. 내 손을 꼭 잡고 계속 울기만 했다. 같은 말만 반복했다.

"네 몸이 네 몸이 아니야. 네 몸은 엄마 몸이야. 엄마 몸으로 아무데나 가지 마."

나는 고개를 끄덕였다. 엄마는 내 손을 잡고 엄마의 액자 앞으로 갔다. 액자의 귀퉁이에 나뭇가지 몇 개가 꽂혀 있었다. 악귀를 쫓아주는 복숭아나무 가지라고 했다. 엄마는 가지를 뽑아들어 내 양어깨를 여러 번 내리친 다음, 정화수에 절을 했다. 그리고 아빠에게 전화를 걸었다. 아빠는 꽃다발을 사 들고 일찍 귀가했다. 아주 험악한 표정을 지은 채, 아빠는 꽃다발을 나에게 건넸다. 그 표정 그대로 "사랑한다, 강이야"라고 말했다.

식사시간이 되자 엄마는 불고기를 구웠다. 아빠가 사온 꽃을 꽃병에 꽂아 식탁 한가운데 놓았다. 엄마와 아빠가 불고기 살점을 계속 내 밥그릇 위에 얹어놓았다. 강이가 식탁 밑에서 나의 무릎을 핥았다. 발끝으로 밀어놓아도 개는 나의 무릎을 핥았다. 간지러워 자꾸 웃음이 새어나왔다.

"좋니?"

꽃다발을 건넬 때와 똑같은 표정을 지으며 아빠가 물었다. 어떤 대답이 정답일지를 고민하다가 나는 고개를 끄덕였다.

"다행이구나."

아빠는 눈을 부릅뜬 채 미소를 지었다. 이를 갈듯 고기를 질겅질겅 씹었다.

소영이 독서실로 나를 불렀다. 소영과 나는 독서실 책상에 나란히 앉았다. 소영은 과외 선생으로부터 받은 요점 정리 유인물에 밤새워 동그라미를 쳤다. 다 읽은 유인물은 나에게 빌려주었다. 소영이 색색의 형광펜으로 밑줄을 그어놓은 유인물을 들여다보며 나는 색깔의 의미가 궁금했다.

'어떤 때에 빨강을 쓰는 거고 어떤 때에 노랑을 쓰는 거지?'

서울의 지하철 노선도를 처음 보았을 때처럼 어지럽기만 했다. 어떤 아이는 자고 있었고, 어떤 아이는 공부를 하고 있었다. 독서실 책상에는 낙서가 한가득이었다.

'이게 다 대통령 때문이야'

'외롭다…… 넌 지금 어디 있니'

'여친 구함, 키 186, 현빈 닮음'

'다 꺼져버려 쌍'

'ㄴ너도 꺼져'

어떤 글씨체는 이응이 유난히 컸고, 어떤 글씨체는 한 획 한 획 천천히 그은 흔적이 보였다. 독서실에 앉아 있는 아이 중 누군가는 나처럼 낙서를 구경했을 것이다. 누군가는 낙서를 보탰을 것이다. 외롭다는 낙서 밑에 나는 낙서를 했다.

'나 여기 있어'

책상 위의 낙서들로 아이들은 연결되어 있었다. 나는 책상의 다른 귀퉁이에 노랫말을 빼곡하게 적었다. 누군가 이 낙서를 본다면 노래가 들릴지도 몰랐다.

우리는 중간고사를 치렀다. 아람은 중간고사가 끝난 다음에야 학교에 나오기 시작했다. 아람의 머리카락은 남학생처럼 짧아져 있었다.

"머리카락 때문에 살았어."

죽여버리겠다며 아버지가 부엌을 향해 걸어갔다고 했다. 아버지는 싱크대를 뒤져 부엌가위를 꺼냈다고 했다. 가위를 들고 아람을 향해 달려들었다고 했다. 이제 정말 죽을지도 모른다는 두려움에 아람은 손끝 하나 움직이지 못했다고 했다. 아람의 아버지 표정을 상상하다가, 우리 아빠가 꽃다발을 건넬 때의 표정이 떠올랐다. 가위를 쥐는 마음과 꽃다발을 건네는 마음이 같은 표정일 것 같았다. 아람의 아버지가 가위로 아람의 머리카락을 자르기 시작했을 때 아람은 오히려 안도가 됐다고 했다. 정말 기뻐서 아람은 하마터면 웃을 뻔했다고 했다. 아빠는 쥐어뜯듯 머리를 자르면서도 귀 같은 부분은 피해가며 가위질을 했다고 했다. 무섭던 아빠가 그 순간 우스워졌다고 했다.

아람의 귓불 밑에는 보랏빛 멍이 잔뜩 들어 있었다. 한쪽 눈 흰자위의 핏줄이 터져 붉은자위가 되어 있었다. 다리는 조금 절룩였다. 앞니 하나는 푸른색이었다. 나는 고양이의 행방을 물었다.

"다 소영이 때문이야."

아람은 입을 다물어버렸다. 아람의 입꼬리가 움찔거렸다. 눈물이 떨어졌다.

"동물병원에 데리고 갔어. 아빠가. 아빠는 돈이 없는데."

아람은 어깨를 들썩이며 울었다. 아람의 붉은자위가 조금 더 붉어졌다.

소영은 부모로부터 모델 학원의 등록비를 얻어냈다. 집을 나간 덕분에 지긋지긋한 영어 과외도 그만둘 수 있게 됐다고 좋아했다.

소영은 수선집에 들렀다. 모델 학원 애들은 교복 치마가 아주 짧다고 했다. 소영은 치맛단을 짧게 줄이고 펄럭거리던 주름을 몸에 달라붙게 고쳤다. 나도 아람도 소영을 따라 치마를 줄였다. 다음날 아침 나의 치마는 원래처럼 평범해져 있었다. 밤새워 엄마가 박음질을 뜯고 단을 늘리고 다림질을 해놓았다. 치마를 다 원상복구시켜놓았다. 나는 방과후마다 수선집에 들렀다. 다음날이면 다시 평범한 교복을 입고 학교에 갔다.

"너네 아빠는 뭐라 안 해?"

내가 묻자 아람이 자기 치마를 들썩거렸다.

"줄인 줄 몰라. 치마를 입고 가는지 바지를 입고 가는지도 모를 거야."

소영은 깔깔거렸다.

"우리 엄마는 예쁘다던데."

우리는 셋 다 선생에게 치마를 빼앗겼다. 우리 엄마는 선생에게 전화를 걸어 사정을 해 교복 치마를 돌려받았다. 그리고 교복을 늘리며 엉엉 울었다. 소영의 엄마는 소영에게 교복 치마 두 벌을 새로 사주었다. 한 벌은 평범하게 학교에서 입고 한 벌은 예쁘게 줄여서 학원에 입고 가라는 것이었다. 아람은 치마 없이 학교 체육복을 입고 다녔다. 아람의 아버지는 정말로 아람이 무엇을 입고 학교에 가는지 알지 못하는 것 같았다.

"복도 많은 년."

소영이 치마를 갈아입는 것을 지켜보며, 아람은 혼잣말을 했다. 짧은 머리카락을 뒤적거렸다.

아람의 앞니에서는 푸른빛이 점점 진해졌다. 아람이 웃을 때마다 푸른 이가 드러났다. 아람은 치과에 가서 푸른빛으로 변한 앞니 하나를 뽑아내야 했다. 치과 의사는 아람에게 치아 임플란트를 권했다. 아람의 아버지는 아람에게 "후레자식, 돈 없다"라며 화를 냈다고 했다. 의사는 머리핀처럼 끼웠다 뺐다 할 수 있는 보조치아 한 개를 아람에게 만들어주었다. 보조치아는 아람의 치아와 색이 맞지 않았다. 쇠고리가 걸려 있는 보조치아를 끼운 아람은 좋게 봐주려고 해도 우스꽝스러워 보였다. 아람은 보조치아를 혀끝으로 쓸어내리며, 언젠가 보조아빠를 만들 거라고 말했다.

소영은 모델 학원에서 배운 것들을 복습했다. 복도를 가로지르며 워킹을 했고, 포즈를 취하며 나와 아람을 번갈아 보았다.

"사람을 아주 세게 꼬집으면, 무슨 소리를 낼 것 같냐?"

소영은 모델 학원에서 연기도 배운다고 했다. 나는 꼬집힌 것처럼 팔을 강하게 문지르며 외마디 비명을 질렀다. 아람의 생각을 묻듯 소영은 아람을 향해 턱을 내밀었다. 아람은 여전히 머리카락만 뒤적거리고 있었다.

"틀렸어. 너무 아프면 아무 소리도 못 낸다. 그냥 입만 벌어지지. 그런 게 진짜 연기야."

소영은 입만 벌린 채 팔을 문지르는 시늉을 했다. 나는 아람에게서 들었던 말을 떠올렸다.

"맞을 때는 있잖아, 최대한 아픈 척을 해야 해. 소리지르고 울고 뒹굴고. 그래야 덜 맞아. 나는 기절하는 연기도 해봤잖아. 처음에는 아빠가 너무 놀라서 그만 때리더라. 그래서 매번 기절하는 연기를 했더니, 아빠가 '연기하지 마' 그러더니 또 때리더라. 그후로 기절한 척하는 건 안 하는데, 아무튼 아프면 아플수록 소리를 질러야 해. 막 숨넘어가는 것처럼 헐떡거리고. 내가 생각해도 나 그럴 때는 완전 타고난 배우라니까."

아람이 바람 빠지는 소리를 내며 소영을 비웃는 것을 보았다. 소영은 아람의 태도를 모르는 척했다.

나는 한의원에 다니기 시작했다. 횟집에서 얻은 근육통은 시간이 지날수록 심해졌다. 일을 그만두었는데 통증은 진행 중이란 사실이 이상했다. 함께 집을 나가 함께 돌아다녔는데 왜 서로 다른 것을 얻게 되었는지, 그것도 이상한 일이었다.

"병원은 참 좋아."

노인처럼 뒷짐을 지고 나는 허리를 두들겼다.

"뭐가?"

"뭐랄까. 따뜻해."

"그러니까 뭐가."

"누워 있으면 허리를 만져주면서 아프냐고 물어봐. 괜찮다고 해도 자꾸 아프냐고 다정하게 물어봐."

"병원 좋다는 사람 처음 본다."

소영은 다시 연기 연습을 시작했다.

"병원은 적당하게 다정해. 베개 냄새도 은은하게 다정해. 모두에게 무심하게 다정해."

나는 혼잣말을 했다.

"난 그거 이해해. 연기하는 아이가 인생을 얼마나 알겠니."

아람이 맞장구를 쳤다. 소영이 연기 연습을 멈추었다. 소영의 눈이 잠시 매서워졌다.

소영이 하는 말에 아람은 자주 코웃음을 쳤다. 아람은 더이상 주운 꽁초를 소영에게 내밀지 않았다. 모두에게 한 개비씩 돌리면서도 소영은 빠뜨렸다. 다른 아이들은 아람이 건넨 꽁초를 피우며 흘끔흘끔 소영을 곁눈질했다. 무언가를 발견했을 때에도 아람은 더는 소영을 부르지 않았다. 소영을빼고 아이들을 불러 자신의 새로운 발견을 공유했다. '왜냐'는 물음에 상쾌하게 '좋으니까'라고 하던 아람이었지만, 아이들의 '왜냐'는 물음에 아람은 엉뚱한 말을 했다.

"소영이 때문이야."

보조치아가 툭 튀어나와 떨어졌다. 아람은 보조치아를 주우며 다시 말했다.

"소영이 때문이야."

아람의 보조치아는 시도 때도 없이 튀어나왔다. 핫도그라도 한입 물면 보조치아가 고스란히 핫도그에 꽂혀 나왔다. 심하게 웃으면 보조치아가 튕겨져 바닥을 굴렀다. 가끔은 물

컵 속을 떠다니기도 했다. 그때마다 아람은 치아를 주우며 소영이 때문이라고 했다.

무슨 일이 있었던 거냐며 아이들은 나에게 물어왔다. 고양이가 떠올랐지만 모른다고 대답했다. 아이들은 나에게도 아람에게도 더는 묻지 않았다.

"소영이 때문이라잖아."

아이들은 아람의 붉은자위와 보조치아를 보며 말했다. 알지 못하면서도 알겠다는 듯 고개를 끄덕였다. 아람은 아이들에게 인기가 있었다. 비록 훔치거나 주운 것이지만 아람은 그것들을 선물처럼 아이들에게 나눠주어왔다. 어느 자리든 튀지 않게, 그러나 빠지지 않고 초대되었다. 아이들은 수군거렸다.

"아람이하고 소영이하고 싸우면 누구를 선택할 거야?"

나는 대답을 회피했다.

"엄마가 좋아, 노는 게 좋아?"

엄마가 던지는 질문에 대답을 해본 적이 없었다. 선택을 요구하는 질문은 대부분 유치했고, 지혜로운 대답은 대부분 비겁했다. 아이들은 아람의 편에 서겠다고 했다. 소영을 따돌리고 싶다기보다는 아람을 보호하고 싶다는 뜻이었다. 보호하기 위해서라면 아이들은 곧잘 뭉쳤다. 어떤 정의를 위해서라면 어떤 불의도 불사했다.

"아람이는 언제나 우리 편이잖아."

아람은 좋다는 말을 쏟아내왔다. 아이들이 유행처럼 한 아이를 싫어하고 따돌릴 때에도 아람은 아무렇지도 않게 말했다.

"난 걔 좋은데."

소영은 달랐다. 결정을 내리면 결정을 내린 대로 분명히 행동했다.

"내가 안 보기로 한 애랑 노는 건, 나도 안 보겠단 뜻인 거지."

친구와 사이가 나빠질 때마다 소영은 이 말을 강조했다. 우리는 당연하다는 듯 소영을 선택해왔다. 각자 소영을 선택했다기보다는, 다수의 아이가 소영을 선택할 것이라 예상했기 때문에 다수가 되는 길을 선택한 것이었다. 학교에서 소영을 모르는 아이는 없었다. 소영은 예뻤고, 키도 컸고, 성적도 최상위권이었다. 선생들은 우리라는 덩어리를 싫어했지만, 그중 몇몇 선생은 소영이라는 개인을 아꼈다. 몇몇 친구는 소영을 부러워하거나 질투했고, 몇몇 친구는 무서워했다. 어쨌거나 모두 소영의 편이 되어 소영과 함께 몰려다녔다. 소영은 꼭 필요한 아이였다. 싸움이 났을 때 미지근하게 끝내는 법이 없었다. 아이들과의 싸움은 물론이고 어른들이나 선생과의 문제에도, 소영이 개입하면 최선의 결과를 낳았다. 주먹질은 정당방위가 되었고 이 주일의 징계는 일주일로 줄어들었다. 하지만 최선의 결과만을 원하는 아이는 우리 중 소영뿐이었다. 우리는 다만 최악의 결과가 두려울 뿐이었다.

GPS

"GPS를 선발하자."

아람은 되도록이면 소영과 함께 있지 않으려고 했다. 우리는 선택을 해야만 했다. 아람을 보호하기 위해서, 아람과 함께 지내는 것이 조금 더 편안하기 때문에, 친구들은 아람과 함께 있겠다고 했다. 나 역시 그러겠다고 했다. 나도 친구들도 소영에게 미안하지 않았다. 친구들은 이 일을 정의로운 일이라 여겼다. 나도 가끔은 그런 착각에 빠졌다. 아람은 아이들에게 가위바위보를 하자고 했다. 몰려다니다가 소영과 우연히 마주치는 것을 모두들 피하고 싶어했다. 가위바위보에서 진 아이는 GPS가 되어 소영에게 갔다. GPS는 장소가 바뀔 때마다 우리에게 문자를 보냈다.

"전민상가로 이동중."

우리는 전민상가 정반대로 방향을 틀었다. 아람은 자신이
새로 발견한 폐가로 우리를 안내했다. 전민동이 개발되기 이
전부터 전민동에 살던 주민들이 이제 하나둘 전민동을 떠나
고 있었다. 그곳은 고스란히 폐가가 되었다. 어떤 폐가는 금
세 헐리고 새 건물이 지어졌고, 어떤 폐가는 오래오래 폐가
로 남았다. 폐가로 남은 폐가는 사람이 살던 때와 똑같아 보
였다. 폐가처럼 보이는 집에서 살고 있는 사람들도 있었고,
누군가 살고 있는 것만 같지만 폐가가 되어버린 집도 있었
기 때문에, 들어가보지 않으면 어떤 집이 폐가인지 알아챌
수 없었다. 아람은 폐가처럼 보이는 모든 집을 살펴보고 다
녔다. 어떤 집이 폐가인지 아닌지를 정확히 알고 있었다. 폐
가를 찾아낼 때마다 아람은 집을 주웠다며 좋아했다. 아람은
줍거나 훔친 물건들을 폐가에 차곡차곡 모아놓았다. 벽돌 한
장을 들면 꽁초들이 수북했다. 삐걱거리긴 하지만 앉아서 쉴
수 있는 작은 나무의자도 생겼고, 바람 빠진 축구공도 생겼
다. 콘크리트 벽에 마음대로 낙서를 할 수 있는 분필 조각도
생겼다. 아람이 폐가 구석에 놓아둔 참치 캔 때문에 길고양
이 몇 마리도 모여들었다. 우리는 그곳에서 첫 섹스를 언제
했느냐는 둥, 누구랑 어디서 했느냐는 둥, 쟤는 키스도 못해

보았다는 둥, 그런 이야기를 나누며 눈물이 나도록 웃었다. 좋아하는 남자애와 첫 섹스를 했다는 친구는 없었다. 우리는 저마다의 불행을 한자리에 모아놓고서는 어이없는 교집합을 발견하고 즐거워했다. 나는 다시 무인 모텔에 온 것처럼 행복해졌다.

횟수를 거듭할수록 GPS의 성능은 떨어져갔다. GPS는 소영의 눈치를 보느라 제때에 문자를 보내지 못했다. 친구들은 GPS 외에 안테나를 한 명 더 선발했다. 안테나는 담벼락에 서서 망을 봤다. 안테나는 결과적으로 소영에게 '우리 여기 있어'라는 신호를 보낸 사람이 되었다. 폐가로부터 한 블록 떨어진 도로를 GPS와 함께 걷던 소영은 담 위로 불쑥 튀어나와 있는 안테나의 얼굴을 단번에 알아보았고, 안테나의 눈에 띄지 않도록 길을 돌아서 폐가 뒷문으로 들어왔다. 그뒤로 소영은 GPS를 달고 다니며 집요하게 폐가들을 뒤지고 다녔다.

폐가를 떠나는 것이 가장 현명한 선택이었다. 하지만 우리는 폐가를 버리고 싶지 않았다. 지금까지 발견했던 아지트 중 이렇게까지 좋은 곳은 없었다. 소영과 우리가 마주치는 횟수가 잦아졌다. 마주칠 때마다 소영은 참 재미있는 우연이라고 말했다. 어떤 친구는 변명을 늘어놓았고 어떤 친구는 딴청을 부렸다. 나는 고개를 숙였다.

'나는 그래도 너를 좋아해.'

소영을 배신하고 있다는 느낌을 지우기 위해, 나는 더 소영을 좋아하려 했다. 좋아한다는 말은 면죄부를 주었다.

친구들은 망보는 아이를 없앴다.

"이동할 때마다 어떻게든 문자를 꼭 보내야 해."

GPS의 성능을 더 높이기로 결정했다. GPS의 성능을 높이자 소영에게 발각되는 일은 없어졌다. 하지만 무리하게 문자를 보내려 노력하던 GPS는 소영에게 정체를 탄로당하고 말았다. 소영은 들고 있던 장우산을 돌돌 말아 접은 후 GPS의 얼굴을 향해 휘둘렀다. 장우산은 휘어지다가 부러졌다. 소영은 부러진 우산대만 뽑아 GPS의 얼굴을 때렸다. GPS의 코뼈는 주저앉았고 코끝 살은 떨어져나갔다. 얼굴엔 수십 개의 빗금이 그어졌다. GPS는 입원했고 학교에 돌아오지 않았다. 싸움을 좋아하는 아이는 아무도 없었다. 자신을 지키기 위해서 싸울 수밖에 없는 순간들이 있을 뿐이었다. 소영도 마찬가지였다. 자기 보호는 치열한 공격이 될 때가 많았다. 치열한 보호가 비열해지는 건 한순간이었다.

친구들은 더이상 아람을 따라 폐가에 가지도 않았고, 소영을 피해 다니지도 않았다. 아람만이 여전히 소영을 피했다. 아람과 이야기를 나누다가 소영이 다가오면 아람만이 슬그머니 사라졌다. 아람의 보조치아는 더이상 입에서 튀어나오지 않았다. 보조치아가 튀어나오지 않게 되자 소영이 때문이라는 말도 사라졌다. 아람은 여전히 아이들에게 꽁초 같은 것을 건넸다.

소영과 어울려 다니는 아이들은 그날의 GPS가 자기였을 수도 있다는 생각을 품고 있었다. 소영은 맑은 날에도 장우산을 들고 다녔다. 소영과 우리의 대화는 자연스럽게 부자연스러워졌다. 대화가 부자연스러워질수록 소영은 어깨에 각을 잡고 장우산으로 바닥을 톡톡 치면서 한 사람 한 사람을 뚫어지게 바라보았다.

소영도 아람도 없는 자리에서 친구들은 폐가에서의 일을 이야기했다. 거긴 참 따뜻하면서도 시원했는데, 정말 우리한테 딱이었는데, 그 벽돌 밑에는 아직도 담배꽁초가 쌓여 있을까, 다른 학년 애들이 점령해버린 건 아닐까, 우리 의자에 앉아 우리 낙서들을 읽으며 낄낄거리고 있지는 않을까, 소영이는 또 누굴 조지려고 매일 우산을 들고 다니는 걸까, 우리도 우산을 들고 다니면 어떨까, 그런 이야기들이었다.

사라져버린 GPS와 단짝이었던 친구가 있었다. 연구원의 자식인데도 폐가 같은 집에서 사는 친구였다. 그애의 아버지는 연구원이 될 때까지 계속 빚을 져야 했다고 했다. 막상 연구원 자리를 얻어 전민동으로 오게 되었을 때에는 폐가로 이사를 올 수밖에 없었다고 했다. 죽을 때까지도 그 빚을 갚지 못할 거라고 했다. 죽을 때까지 폐가를 벗어날 수 없을 거라고 했다.

"전민동이 싫어."

곰처럼 거대한 덩치를 갖고서는 콩알만한 손톱을 곰곰 물어뜯으며 말하는 애였다. 폐가 같은 집을 싫어하면서도 폐가에 모여 있는 것을 좋아했던 친구였다. 모여 있을 때마다 친구들은 장난삼아 곰곰이를 놀리곤 했는데, 아무리 놀려도 곰곰이는 좀처럼 화를 내지 않았다. 한번 화가 나면, 몇 시간이고 생각에 잠겨 손톱을 물어뜯다가 갑자기 말도 없이 망치 같은 주먹을 상대방에게 휘두르곤 했다. GPS가 사라진 후, 곰곰이는 여전히 곰곰 손톱을 물어뜯으며, 같이 우산 들고 다닐까, 그런 말을 말끝마다 붙였다. 우리는 고개를 끄덕였지만, 다음날 우산을 들고 나타나는 아이는 없었다. 곰곰이 역시 마찬가지였다. 그래도 곰곰이는 매일 물었다.

"우산 들고 다닐까?"

비가 오지 않던 날, 곰곰이는 장우산을 들고 우리가 모여 있던 지하 주차장에 나타났다. 검은 장우산은 파라솔만큼이나 컸지만, 곰곰이의 덩치에는 알맞아 보였다. 우산을 질질 끌고 오는 곰곰이를 보며 우리는 침묵했다. 곰곰이는 인사를 하지 않았다. 손톱만 열심히 물어뜯었다. 곰곰이는 소영의 맞은편에 쪼그려앉았다. 소영이 곰곰이의 우산을 바라보았다. 곰곰이도 소영의 우산을 바라보았다. 소영이 우산으로 바닥을 톡톡 내리쳤다. 곰곰이도 우산으로 바닥을 톡톡 내리쳤다. 모스부호를 주고받는 것처럼 번갈아가며 바닥을 내리쳤다.

"뭘 꼬나봐."

주차장 안에서 말이 메아리를 쳤다. 소영의 목에 핏대가 섰다. 쇄골이 튀어나왔다. 곰곰이는 손톱의 안쪽 살까지 물어뜯을 것처럼 보였다. 소영이 다시 입을 벌렸다. 소영의 목에서 어떤 소리가 튀어나오기 전에, 곰곰이는 일어나 소영의 목을 걷어찼다. 소영은 앉은 채로 뒤로 넘어갔다. 우리는 소영과 곰곰이를 둘러쌌다. 소영이 목을 붙잡고 기침을 하고 있었다. 싸움을 말리는 아이는 없었다. 곰곰이는 소영의 쇄골을 밟았다. 소영의 가슴팍에 발자국이 찍혔다. 소영은 곰곰이의 발을 붙잡아 가슴에서 밀어냈다. 상체를 옆으로 돌렸다. 일어나기 위해 손으로 바닥을 짚었다. 소영이 일어나지 못하도록 곰곰이는 소영의 손등을 밟았다. 밟은 채 소영을 찼다. 소영이 곰곰이를 똑바로 쳐다볼 수 없을 때까지 찼다. 그리고 소영의 장우산을 집어들었다. 주차장 벽에 내리쳐 부러뜨렸다. 부러진 장우산을 던져버렸다. 장우산은 날아가 차 밑으로 들어갔다. 우리는 쓰러져 있는 소영을 그대로 둔 채 곰곰이를 따라가버렸다. 뒤돌아보니 소영이 차 밑으로 손을 뻗고 있었다. 우산은 손에 닿지 않았다.

누군가가 우리집 초인종을 눌렀다. 문구멍을 들여다보았다. 동그란 렌즈 때문에 둥글게 휘어진 채 소영이 서 있었다. 나는 문고리를 잡았다.

"누가 왔어?"

엄마는 방바닥에 걸레질을 하고 있었다.

"조용히 해봐."

나는 입술에 검지를 가져다 대고 엄마에게 애원했다. 소영은 다시 초인종을 눌렀다. 초인종 소리가 집안에 퍼졌다.

"누가 왔네."

엄마는 한 손에 걸레를 든 채 무릎을 짚고 일어섰다. 끙, 소리를 내며 현관문 쪽으로 걸어왔다. 나는 엄마를 막아섰고, 엄마를 밀어냈다. 다시 초인종 소리가 들렸다.

"친구야? 강이 친구가 찾아온 건 처음이네. 올라오기 힘들었을 텐데."

엄마의 목소리는 컸다. 우리집 현관문은 방음이 잘 안 되었다. 나는 엄마를 끌고 거실로 갔다. 현관문으로 돌아와 구멍을 들여다보았다. 소영이 구멍에 눈을 바짝 대고 집안을 들여다보고 있었다. 소영이 내 눈을 보고 있는 것 같았다. 소영이 엄마 목소리를 들었을 것 같았다. 초인종 소리가 몇 번 더 울렸다. 나는 문을 열어주지 않았다. 소영은 계단을 내려갔다. 소영의 어깨는 휘어져 보였다.

방에 누워 천장을 바라보았다. 나는 마음속 방 한 칸을 들여다보았다. 스노볼이 있는 집에서 팔베개를 하고 있는 소영, 경찰에게 당당하게 다가가는 소영, 손톱을 깔끔하게 정리하는 소영, 안갯속을 성큼성큼 걸어가는 소영, 빨간 캐리어를 끌고 유유히 전쟁터를 빠져나가는 소영, 내가 상상해낼 수 있는 온갖 소영이 그 방안에 있었다. 그 방을 나는 '소영'이라 불렀다. 소영의 모든 모습을 그 방에 들여놓을 생각은 없었다. 그 방에 들어올 수 있는 소영은 진짜 소영이 아니라 내 상상에 걸맞은 소영이어야 했다. 우리집 초인종이나 누르고 있는, 한껏 휘어져 있는 소영 따위는 내 알 바가 아니었다.

'병신.'

소영은 '소영의 방'에 들어올 자격이 없는 아이가 됐다. 계단을 내려가던 소영의 뒷모습을 떠올렸다. 소영의 비굴함과 보잘것없음을 떠올리며 비웃는 일은 그리 즐겁지 않았으나 나의 비겁함을 직시할 때보다는 훨씬 편했다.

소영은 우산 없이 학교에 왔다. 오전 내내 조용히 자기 책상에 앉아 있었다. 점심시간이 되자 소영은 고개를 숙이고 우리 반으로 들어왔다. 그리고 곰곰이에게로 걸어갔다. 곰곰이는 급식 반찬으로 나온 탕수육을 오물오물 씹어먹고 있었다. 소영은 탕수육을 씹고 있는 곰곰이 옆에 섰다. 어지러운 듯, 빈 의자에 손을 얹었다. 곰곰이는 젓가락으로 탕수육을 집은 채 고개를 돌렸다. 소영과 눈이 마주쳤을 때, 소영은 의자를 들었다. 곰곰이의 등을 내리쳤다. 국물이 튀었다. 식판이 엎어졌다. 곰곰이는 책상을 밀며 넘어졌다. 소영은 곰곰이의 손등을 밟았다. 철제 의자가 너덜거릴 때까지 곰곰이를 때렸다. 곰곰이는 어깨뼈가 부러졌고 전학을 갔다.

우리는 다시 소영과 어울려 다녔다. 소영은 점점 날카로워졌다. 작은 배신의 낌새에 신경을 곤두세웠다. 그러면서도 의리를 과시했다. 소영은 소소한 모든 싸움에 끼어들었고, 기어이 한 아이를 '우리의 적'으로 만들어냈고, 싸움의 상대가 된 아이를 필요 이상으로 짓밟았다. 싸움이 끝나고 나면 친구들에게 친절한 미소를 지어 보였다. 그 미소를 좋아하는 아이는 없었다. 다툼을 해결해준 소영에게 고마워하는 아이도 없었다. 싸움이 없을 때에도 소영은 자주 친절한 미소를 지었다. 같이 핫도그를 먹다가 한 아이가 입가에 케첩을 묻히면 소영은 친절한 미소를 지으며 가방에서 휴지를 꺼냈다. 그 아이의 입가를 직접 닦아주었다. 케첩이 묻었던 아이는 시선을 어디에 두어야 할지 곤란해했다. 그런 일이 반복되자 우리는 전염병에 걸린 것처럼, 서로에게 친절한 미소를 지었다. 서로가 서로에게 친절해질수록 서로에게 진절머리를 쳤다. 소영의 연기는 점점 더해갔지만, 정말로 연기를 잘하는 것은 아이들이었다. 그중에서도 나는 가장 최선을 다해 연기를 하는 아이였고, 가장 최선을 다해 소영에게 복종하는 아이였다.

전민아파트 층계의 센서등이 켜지는 것을 바라볼 때면, 나는 '소영의 방'이 궁금해졌다. 문을 열고 그 방으로 들어갔다. 오래된 상자를 열어 오래된 편지를 하나씩 읽어보는 것처럼 그 방을 차근차근 둘러보았다. 침대에 누워 팔베개를 하고 있는 소영이 보였다. 협탁 위 스노볼도 보였다. 나는 침대에 걸터앉아 스노볼을 들어보았다. 스노볼은 조악한 싸구려처럼 보였다. 나는 스노볼을 비웃었다. 고개를 돌렸다. 팔베개를 하고 누워 있던 소영이 어느새 의자를 치켜든 채 눈앞에 우뚝 서 있었다.

아람과 나는 스탠드에 앉았다. 체육시간이었다. 생리통 때문에 아프다는 핑계를 댔다. 한 달 내내 생리를 한다고 해도 체육 선생은 아람과 나만은 내버려두었다. 오히려 한 달 내내 생리를 하길 바라는 것처럼 보이기도 했다. 아람은 쪼그려앉아 콘크리트 바닥에 돌멩이로 그림을 그렸다.

"어쩔 거야."

내가 먼저 입을 떼었다.

"뭘."

아람은 그림을 그리다 멈췄다.

"우리 언제까지 이래야 해."

나는 아람의 그림을 보았다.

"내가 뭘."

"옛날처럼 지냈으면 좋겠어."

120

"뭐 옛날."

"네가 화해하면 결국 다 돌아올 거야."

"뭐 화해. 내가 언제 누구랑 싸우기라도 했어?"

아람은 잠시 나를 쳐다보다가 다시 그림을 그렸다. 돌멩이에서 하얀 가루가 떨어졌다. 사람의 얼굴인가 싶었지만 볼이 온통 깨져 있었다. 선이 죽죽 그어져 얼굴이 찢어진 사람처럼 보였다.

"볼이 왜 이래."

나는 손가락으로 그림을 가리켰다.

"수염이야. 고양이야."

몇 가닥 더 꾹꾹 눌러 아람은 수염을 완성했다.

"알았어. 알아서 할게."

운동장을 향해 아람은 돌멩이를 집어던졌다. 체육복에 손을 문질렀다. 하얀 가루가 체육복에 묻어나왔다. 나는 깨진 얼굴처럼 보이는 고양이 그림을 내려다보았다.

요요

"오락실 갈 사람."

소영이 말했다.

"좋아, 나 콜."

아람이 제일 먼저 대답했다. 우리는 모두 오락실을 향해 몰려갔다. 아람이 소영과 팔짱을 끼며 말했다.

"다 같이 끼자."

아이들은 주뼛주뼛 팔짱을 꼈다. 아빠와 팔짱을 끼는 것만큼이나 어색했다.

"어색한 게 좋네. 우리 시작하는 연인들 같지 않아?"

아람은 〈시작하는 연인들〉이라는 노래를 흥얼거리기 시작했다. 아람이 웃기 시작하자, 모두 따라 웃었다. 우리는 팔짱을 낀 채 일렬로 걸었다. 행인이 있어도 팔짱을 풀지 않았다. 자동차가 지나가려 해도 팔짱을 풀지 않았다.

"요요를 꺼내보실까."

오락실에 들어서면서, 한 친구가 말했다. 가방을 뒤져 실에 묶인 동전 한 개를 꺼냈다. 동전 양면에 이틀이고 사흘이고 칼로 금을 그어대면 깊은 골이 파였다. 골에 실을 걸어 묶을 수가 있었다. 그것을 동전 투입구에 넣고, 실을 잡아당기면 돈은 다시 나왔다. 우리는 그것을 '요요'라고 불렀다. 가방과 주머니에서 각자의 요요를 꺼냈다.

"요요 빨리, 요요."

오락기 속 캐릭터가 죽어갈 때마다 우리는 외쳤다. 요요가 들어갔다 나오면 캐릭터는 되살아났다.

다른 친구는 '부메랑'을 꺼냈다. 두꺼운 클리어 파일로 만든 것이었다. 삼천원짜리 클리어 파일의 표지는 딱 백원짜리 두께였다. 백원짜리의 지름과 똑같은 폭으로 부메랑을 오린다음, 부메랑의 한쪽을 잡고 투입구에 넣었다 빼면 오락기를 작동시킬 수 있었다. 하지만 그걸 발명한 친구와 그 발명을 따라 한 다른 한 친구, 이렇게 두 명을 제외하고는 모두 요요를 이용했다. 칼로 금을 긋다 손가락을 베이기도 하고, 만드는 데 훨씬 시간이 오래 걸리는데도 그랬다.

"백원 때문에 삼천원짜리 파일을 쓰냐. 바보같이."

우리는 입을 모았다.

"삼천원 때문에 손가락을 베이냐. 더 바보같이."

부메랑을 가진 아이는 말했다.

"손가락을 베이는 게 바보 같대."

우리는 크게 웃었다. 요요를 선택한 아이들은 부메랑 각도에 대해 설명을 들을 때 고개를 저었다. 자와 각도기를 들고 신중하게 계산하는 일을 우리는 싫어했다. 까다롭고 신중한 것보다 위험해도 단순한 것을 좋아했다.

요요든 부메랑이든 위험한 일이든 신중한 일이든, 우리는 사라지지 않는 동전을 가지고 싶어했다. 누군가는 동전이 없어서 그랬을 것이고, 누군가는 단 하나의 동전을 가지고 싶어서 그랬을 것이고, 누군가는 수없이 많은 동전을 가지고 싶어서 그랬을 것이다.

"얘기 좀 하자."

소영이 어깨동무를 해왔다. 소영을 따라 노래방 부스로 들어갔다. 마주앉으면 무릎이 닿을 정도로 좁았다. 방음은 되지 않았고 책받침 같은 재질의 창문은 안팎이 훤히 비쳤다.

하나의 오락기 앞에 아람과 친구들은 모여 있었다. 한 친구가 요요를 꾸준히 오락기 투입구에 밀어넣었다. 누군가 버튼을 누르자 다 함께 탄성을 질렀다.

"숨은그림찾기 하나봐. 나 백원으로 34탄까지 가봤는데."

콧등을 만지작거리며 소영을 향해 웃어 보였다. 소영은 무표정했다. 아무 대꾸도 없이 소영은 동전 두 개를 노래방 부스 투입구에 넣었다. 요요가 아닌 진짜 동전이었다. 소영은 책자를 뒤졌다. 번호를 눌렀다. 메들리였다. 가장 러닝타임이 긴 노래였다. 인순이의 〈밤이면 밤마다〉가 흘러나왔다. 나도 동전을 넣고 번호를 눌러 노래를 예약했다. 소영은 마이크를 들지 않았다. 나는 마이크를 들어야 할지 말아야 할지 망설였다.

"어제 뭐라고 했어."

소영이 옆에 바싹 다가와 말했다. 귓바퀴에 소영의 입김이 닿았다. 반주 소리 때문에 잘 들리지 않았다.

"뭐라고?"

"어제 아람이한테 뭐라고 했어."

소영의 얼굴에 미소가 스쳐지나가는 것을 보았다. 체육시간에 아람과 나눈 대화를 떠올렸다.

"그냥 너랑 아람이가."

나는 머리를 긁적거렸다. 공치사를 하는 기분이 들어 부끄러웠다. 전주가 끝나고 1절이 시작되었다. 흰 자막이 노란색으로 한 자 한 자 바뀌었다. 소영의 미소는 더욱 또렷해졌다. 나는 마이크를 집어들었다.

"웃네. 너, 사실 내가 웃기지?"

소영은 입꼬리를 올렸다. 집었던 마이크를 나는 내려놓았다. 소영을 비웃었던 기억들이 눈앞에 쏟아졌다. 내가 보고 있는 것을 소영도 보고 있을까봐 나는 연신 눈을 깜빡거려 기억들을 쫓아냈다. 소영은 가지런한 이를 드러냈다. 눈은 웃고 있지 않았다.

"왜 이간질해."

소영이 조금 더 가까이 다가왔다. 나는 미간을 찌푸렸다. 소영의 표정을 살폈다. 가면을 쓴 것처럼, 소영은 한 가지 표정만을 선명하게 유지했다.

'아람이 소영에게 뭐라고 말한 걸까.'

아람이 없는 말을 지어낼 리는 없었다. 소영이 집을 찾아왔던 날이 떠올랐다. 엄마와 나누었던 대화를 떠올렸다. 소영에게 할 수 있는 말을 애써 떠올렸다. 소영의 눈빛은 내게 진실을 요구하지 않았다. 소영에게 나는 이미 적이 되어 있었다. 곧 짓밟아버릴, 버러지같이 하찮은 적. 침을 삼켰다.

손바닥에서 땀이 나기 시작했다. 손바닥을 연신 교복 치마에 문질렀다. 음악 소리는 계속되었다. 반주보다 빠르게 심장이 뛰었다.

"미안해."

소영은 웃으며 머리카락을 쓸어넘겼다.

"주제에."

소영이 씹어뱉듯 말했다.

"읍내동 사는 주제에."

등에 멘 가방을 내려놓으며 소영은 일어섰다. 나도 소영을 따라 일어났다. 얼굴로 주먹이 날아왔다. 나는 소영의 어깨를 잡았다. 작은 부스가 들썩였다. 오락기에 매달려 있던 친구들이 창문에 몰려들었다. 나는 소영의 어깨를 붙잡고 놓지 않았다. 소영은 나를 떼어놓으려 했다. 나도 소영도 비틀거렸다. 부스 안이 좁아서 넘어질 공간도 없었다. 주변으로 불빛들이 빠르게 지나갔다. 불빛이 번쩍일 때마다 얼굴 여기저기에서 통증이 밀려왔다. 통증 사이로 장면이 보였다. 제대로 보이는 것은 없었지만 피부로 느껴졌다. 나는 의자에 주저앉았다. 소영의 얼굴을 향해 주먹을 뻗었다. 의자를 박차고 일어났다. 소영과 나는 의자에 주저앉았다 일어서기를 반복하며 서로를 때렸다. 소영이 때릴 때에는 내가 소영의 어깨를 붙잡으려 했고, 내가 때릴 때에는 소영이 나의 어깨를 붙잡으려 했다. 메들리는 이미 끝이 났고, 내가 예약한 다음 노래가 흘러나왔다. 나는 뒤집히는 치마를 한 손으로 붙잡으며 소영에게 발길질을 해댔다. 오락실 주인이 소리치며 나타났다. 소영이 가방을 들고 뛰쳐나갔다. 나는 소영의 반대 방향으로 뛰었다. 친구들은 사라지고 없었다.

핸드폰이 자꾸 울렸다.

"이제 어떻게 할 거야."

친구들의 걱정이 도착하고 있었다. 소영은 어떻게든 끝을 보려 할 것이다. 한번 더 싸우게 되어 있었다. 소영은 이길 것이다. 친절한 미소를 지으며 편가르기를 할 것이다. 나는 다칠 것이고 학교에 남을 수 없을 것이다. 나는 소영과 아람과 함께 지냈던 우리 방을 생각했다. 하나의 컵에 꽂혀 있던 세 개의 칫솔을 생각했다.

"몰라. 그냥 미안하댔어."

아람은 나의 방에 걸려 있는 달력을 들여다보며 말했다. 나와 대화를 하고 나서 아람은 소영을 찾아갔다고 했다. 무슨 말을 해야 하나 고민하고 있는 사이에, 소영이 대뜸 먼저 아람에게 사과를 해왔다고 했다. 소영과 화해하고 아람은 소영의 집에 갔다고 했다. 소영의 엄마가 해준 찰랑찰랑한 계란찜을 먹었다고 했다. 손잡이 없는 작은 컵에 계란찜이 담겨 있었다고 했다. 아람은 그런 계란찜은 처음 먹어봤다고 했다. 자신의 집에서는 구멍이 펑펑 나 있는 계란찜을 뚝배기 가득 담아 먹는다고 했다. 계란찜 얘기를 늘어놓다가 아람이 말했다.

"근데, 너 진짜 대단하다."

"뭐가? 싸운 게?"

"아니, 학교 오는 게."

달력에 그려져 있는 산과 산꼭대기 정자를 가리키며 아람이 말을 이었다.

"학교 끝나고 매일 이 집까지 걸어올라왔다는 거잖아. 세상에. 산 하나를 넘어 학교에 다닌 거 아냐. 나는 아직도 다리가 부들거리는데. 대단해, 이강이. 인정."

다리를 주무르며 아람은 방바닥에 앉았다.

"어쨌든, 내가 이렇게 달려왔잖아. 걱정 마, 여기도 매일 오르내렸으면서. 도와준다니까."

아람이 새끼손가락을 내밀었다. 나는 아람의 새끼손가락에 새끼손가락을 걸었다.

불을 껐지만 형광등에서 꺼지지 못한 희미한 불빛이 깜빡거렸다. 형광등 안에서 여러 가지 모양의 싸움이 일어나고 있었다. 소영이 나를 밟고 있기도 했고, 내가 소영을 밟고 있기도 했다. 소영과 내가 부둥켜안고 있기도 했다. 형광등을 켜고 옷을 챙겨 입었다.

전민아파트를 올려다보았다. 검지를 들고 소영의 집 호수를 헤아려보았다. 소영의 집은 환했다. 아파트 출입문에 섰다. 인터폰의 호출 버튼을 눌렀다.

"누구세요."

소영의 엄마였다. 나는 대답하지 않았다. 엘리베이터가 열리는 소리가 들렸다. 나는 지하 주차장 쪽으로 갔다. 자동차 뒤에 몸을 숨겼다.

'내가 이길 수는 없을까.'

이기고 싶다는 생각이 들수록 암담해졌다.

져도 안 되고 이겨도 안 돼

1교시가 끝나자마자 소영은 교실을 찾아왔다. 아이들이 하던 행동을 멈추고 우리를 주시했다. 옆 반 아이들까지 슬금슬금 몰려와서 기웃거렸다. 소영이 나의 셔츠 깃을 만지작거렸다.

"학교 끝나고 얘기 좀 하자."

친구들도 나를 찾아왔다.

"강이야, 지면 안 돼. 지면 끝이야. 알지?"

"강이야, 이기면 안 돼. 의자 부러진 거 기억하지?"

친구들은 져도 안 되고 이겨도 안 된다고 당부했다. 물론 지고 싶지 않았다. 하지만 이길 것을 상상해도 무서웠다. 그동안 소영에게 졌던 아이들은 짓밟혀야 했고, 소영에게 이겼던 아이들은 더욱 처참하게 짓밟혀야 했다. 학교가 끝나기 전에 학교 밖으로 나가버릴까 생각도 했지만, 학교를 영영 떠나지 않는 이상 어차피 소영을 다시 만나야 했다. 지지도 않고 이기지도 않는 싸움이란 어떤 것인지, 수수께끼를 풀어 낼 방법을 찾아야 했다.

엄마에게 전화를 걸었다. 엄마가 소영에게 직접 전화를 해 준다면, 소영이 마음을 바꿀지도 몰랐다. 엄마가 전화를 받았다.

"엄마. 할말이 있어."

"강이야. 무슨 일 있어?"

엄마는 놀란 목소리로 전화를 받았다.

"친구 때문에 곤란해졌어."

잠시 입안에서 말을 골랐다.

"나 좀, 응원해줄 수 있을까."

말이 끝나자마자 엄마가 대답했다.

"지금 어디야? 학교니?"

"응. 학교지."

엄마는 안도의 한숨을 내쉬었다.

"학교구나. 친구랑 다퉜어?"

"응, 엄마 그게……"

"엄마는 언제나 강이를 응원하지. 살다보면 곤란한 일도 생기고, 친구랑 다투기도 하고, 도망가고 싶은 마음도 들고 그러는 거야. 그렇지만 강이 뒤에는 항상 든든한 엄마 아빠가 있잖아. 곤란할 것 하나도 없는 거야. 당당하게, 도망가지 말고, 어깨 쫙 펴고, 학교 안에서 꿋꿋하게 헤쳐나가는 거야. 학교 밖으로 나가면 지는 거야. 알겠지?"

엄마는 연설을 시작했다. 내가 학교 밖으로 또 도망을 갈까봐 그것만 걱정하고 있었다.

"학교 잘 마치고 집으로 올 거지?"

알겠다고 대답하고 전화를 끊었다.

책상 아래서 대걸레 자루의 나사를 풀기 시작했다. 대걸레의 봉을 쥐고 뒷문을 조용히 나서는 나를 상상했다. 복도에는 아무도 없다. 대걸레 봉을 몸 뒤로 숨긴다. 소영의 반 뒷문을 연다. 아니다. 뒷문은 소영의 자리까지 거리가 너무 멀다. 소영의 반 앞문을 연다. 아니다. 앞문 바로 앞에는 선생이 수업을 하고 있다. 다시 뒷문을 연다. 용무가 있는 것처럼 선생을 향해 걸어간다. 방향을 틀어 소영을 향해 달려간다. 봉을 꺼낸다. 소영을 내리친다. 봉이 부러질 때까지 나는 외친다.

"주제에."

나는 소영이 되고 싶었다. 소영만이 소영을 이길 수 있었다. 소영이 써왔던 방법을 그대로 사용해서 내가 먼저 소영이 되어야 했다. 어깨뼈가 부러지면 소영은 조용히 전학을 가야 할 것이다. 누구도 나를 병신 취급할 수는 없을 것이다. 어느새 대걸레의 봉은 분리되어 있었다. 봉을 내려다보았다. 다음 말이 떠오르지 않았다.

'읍내동 사는 주제에.'

나는 소영에게 어떤 말을 해야 할까. '전민동 사는 주제에' 라고 해야 할까. '충청도 사는 주제에'라고 해야 할까. 아무리 생각해내려 해도 맞받아칠 말이 생각나지 않았다. 봉을 다시 걸레의 머리에 끼워 나사를 조이기 시작했다. 수업이 끝나고 대걸레를 원래 자리에 가져다 놓았다.

전민중학교와 금강 사이, 개발되지 않은 채 버려진 풀숲은 아무도 찾지 않는 곳이었다. 버려진 채로 풀과 나무는 빽빽하고 무성하게 자라났다. 아이들은 노송나무 앞에서 멈춰 풀숲으로 들어갔다. 그 나무를 알아보는 건 우리뿐이었다. 다른 나무와 똑같이 생겼지만, 우리는 그 나무가 문이라는 사실을 알고 있었다. 이제부터가 우리만의 길이었다. 덤불을 헤쳐 걸으며 나는 미끈한 무언가를 밟았다. 분홍 코스모스가 짓이겨져 있었다. 넘어진 코스모스들을 밟으며 아이들이 일렬로 걷고 있었다.

우리는 그늘 속에 도착했다. 공터가 나왔다. 이 풀숲 안에 자그마한 공터가 있다는 사실을 아는 것도 우리뿐이었다. 아무도 간섭하지 않는 곳이었다. 술집에 출입하게 된 이후, 폐가를 찾아낸 이후, 발길을 끊게 된 장소였다. 씀바귀 씨앗이 공터 가득 떠다녔다. 내 손은 축축하게 젖었다. 소영과 나는 체육복을 들고 걸었다. 공터의 중심에 섰다. 책가방을 내려놓았다. 교복 재킷을 벗어서 가방 위에 올려두었다. 조끼에 달린 단추를 풀었다. 나는 소영의 단추에 시선을 고정했다. 소영은 치마 속으로 체육복 바지를 입었다. 치마를 벗었다. 나도 옷을 갈아입었다. 체육복 소매에 팔을 집어넣으며 내가 떨고 있다는 것을 알아챘다.

다른 친구들이 소영과 나를 동그랗게 둘러쌌다. 그렇게 링을 만들어주었다. 모두가 이 싸움을 승인했다. 소영과 나는 마주보고 서 있었다. 바람이 불었다. 잡초들이 칼처럼 발목을 할퀴었다. 나는 소영의 발목을 보았다.

"쳐봐."

목소리가 형편없이 떨렸다. 소영은 들떠 보였고 설레 보였다. 나는 입술에 힘을 주었다. 소영이 나의 뺨을 때렸다. 나는 땅을 짚으며 넘어졌다. 손바닥이 흙에 긁혔다. 주먹을 쥐었다. 손톱에 모래가 끼었다. 쥐가 난 것처럼 뺨이 얼얼했다. 홧홧해졌다. 이제 내가 일어나 소영의 뺨을 때릴 차례였다. 한 대씩 서로의 뺨을 때린 후에 싸움을 시작하는 것. 대전을 시작하기 전에 선수들이 악수를 나누는 것처럼, 우리들 싸움의 규칙이었다. 소영은 반듯하게 서서 내가 일어나길 기다렸다. 규칙을 어기지 않고도 나를 이길 자신이 있다는 뜻이었다. 나는 얼얼한 뺨을 문질렀다. 한쪽 무릎을 세워 반쯤 일어섰다. 그리고 다짜고짜 소영을 향해 달려들었다. 나는 규칙을 무시했다. 규칙을 어겨야 겨우 승자가 될 확률이 생길 거였다. 소영은 뒤뚱거리다 발을 헛디뎠고 뒤로 넘어졌다.

'지금이다. 걷어차.'

강한 목소리가 들려왔다. 명령이었다. 난생처음 듣는 목소리였다. 명령은 나를 사로잡았다. 나는 소영의 얼굴을 걷어찼다. 소영의 얼굴을 밟기 시작했다. 명령이 반복해서 들려왔다.

'밟아. 짓밟아.'

명령이 또렷해질수록 떨림이 사라졌다. 나는 명령에 심취

해갔다. 내가 사라지고 명령만 남은 것 같았다.

"씨발년아."

소영이 외쳤다. 나는 더 크게 외쳤다.

"그래, 씨발년아."

욕은 덤불 사이로 메아리쳤다. 소영의 입술 언저리가 피로 물들었다. 소영의 입술에서 더는 욕이 새어나오지 않았다. 이긴 것 같았다. 나는 발길질을 멈추었다. 친구들이 나에게 이온음료를 건네주었다. 친구들은 엎어져 있는 소영에게도 음료를 건네주었다. 나는 캔을 따서 음료수를 마셨다. 그때 체육복에 음료수가 쏟아졌다. 소영이 벌떡 일어나 내 머리카락을 잡아챈 것이었다. 소영은 내 머리채를 이리저리 휘둘렀다. 음료수 캔으로 내 얼굴을 후려쳤다. 광대와 치아에 캔이 부딪치는 소리가 났다. 잇몸이 터져 알싸한 피맛이 났다. 생각도 감정도 휘발되었다. 감각들이 지나치게 선명해지니 감정이 비집고 들어올 틈이 없었다. 소영은 내 머리를 땅 쪽으로 끄집어내렸다. 나는 고꾸라졌다. 소영이 이제 나의 얼굴을 걷어찰 것이다. 나는 두 손으로 얼굴을 가리며 웅크렸다. 소영은 캔을 집어던지고 발길질을 시작했다. 내 귀를 차기 시작했다. 귓속이 뜨거워졌다. 뜨거운 것이 귀 바깥으로 흘러내렸다. 나는 팔을 뻗어 소영의 발목을 잡았다. 정강이를

물어뜯었다. 소영은 나를 떼어내려 다리를 휘적거렸고 넘어
졌다.

'지금이다.'

나는 흙을 긁어 소영의 눈에 비벼댔다. 무릎으로 가슴을
찍어 눌렀다. 소영의 머리채를 잡고 얼굴에 침을 뱉었다. 주
먹으로 소영의 눈을 때리며 계속 침을 뱉어댔다. 분홍색 침
이었다. 나는 소영의 눈에 흙을 계속 비벼넣었다. 소영의 얼
굴은 흙과 침과 피로 얼룩졌다.

"그만."

소영이 말했다. 들리지 않았다. 소리는 들었지만, 의미는
들리지 않았다. 나는 계속 소영의 얼굴을 때렸다.

"그만. 잠깐만."

소영이 외쳤다.

'져도 안 되고 이겨도 안 돼.'

친구들이 했던 말이 머릿속을 스쳤다. 흙을 긁어쥐던 손을
보았다. 소영의 얼굴에 흙을 비벼대던 쾌감이 얼얼했다. 나
는 소영을 누른 채로 친구들을 둘러보았다. 부어오른 눈두덩
때문에 친구들의 이목구비가 정확히 보이지 않았다. 또다른
명령을 기다렸지만, 아무 명령도 들리지 않았다. 명령도 선
명한 감각도 순식간에 사라졌다.

'져도 안 되고 이겨도 안 돼.'

내일 나는 어떻게 될 것인가. GPS였던 아이와 의자로 맞았던 곰곰이가 떠올랐다. 나는 소영의 머리채를 놓았다. 소영도 흙투성이가 된 체육복을 털며 천천히 일어섰다.

"물 좀."

소영은 얼굴에 이온음료를 부어 흙과 피를 씻어냈다. 그리고 담배에 불을 붙였다. 소영은 아무 말도 하지 않았다. 친구들도 말없이 서 있었다.

"강이야."

소영이 담배를 건넸다. 나는 담배를 받아들었다. 우리는 담배를 피웠다.

"이렇게 하자."

소영이 내 눈을 보았다.

"네가 한 번만 무릎을 꿇으면 다 없었던 일로 할게."

나는 담배 한 모금을 깊이 빨았다. 소영이 말을 이었다.

"평생 나랑 싸울래, 한 번 무릎 꿇을래."

친구들은 과자 봉지에 손을 넣어 주섬주섬 과자를 집어먹었다. 무릎을 꿇는다면 그후에 어떻게 될 것인지를 나는 생각했다. 달라질 것은 별로 없었다. 무릎을 꿇지 않았을 뿐, 어차피 나는 소영을 졸졸 쫓아다녔다. 명령이 다시 들려올 것인지, 그런 싸움을 또 해낼 수 있을 것인지도 자신이 없었다. 명령이 다시 찾아온다고 해도, 내가 지금 소영을 이긴다고 해도, 소영은 이길 때까지 이 싸움을 반복할 거였다. 소영의 제안은 괜찮은 제안이었다. 나는 조금씩 주저앉았다. 무릎을 꿇었다.

친구들이 행동을 멈추었다. 소영은 무릎 꿇고 있는 나의 주변을 빙글빙글 돌기 시작했다. 허리를 숙여 내 주변에 널려 있는 돌덩이를 만지작거렸다.

"씨발."

소영은 돌을 들어 내 머리를 내리쳤다. 얼굴에서 진득한 무언가가 흘러내렸다. 소영은 내가 그랬던 것처럼 내 머리채를 들어 내 얼굴에 침을 뱉었다. 그리고 내 체육복을 찢기 시작했다. 브래지어가 드러났다. 소영은 내 브래지어를 뜯어냈다.

"그만해."

아람이 소리를 지르며 달려왔다. 내 몸을 자신의 몸으로 덮었다. 웅크린 나를 아람이 꽉 껴안았다. 소영은 발길질을 시작했다. 나 대신 아람이 맞기 시작했다. 소영은 아람의 머리채를 잡고 내팽개쳤다. 나의 찢어진 체육복을 더 찢어 벗겼다. 바지를 벗기고 팬티를 찢었다. 아람이 다시 달려와 나를 감싸는 바람에 옷은 더 쉽게 찢겨나갔다.

"그만해."

다른 누군가가 나를 껴안은 아람을 껴안았다. 남은 친구들이 차례차례 그 위로 뛰어들었다. 아이들은 여러 장의 팬티를 겹쳐놓은 햄버거처럼 엎드렸다. 소영은 포개어진 우리에게 한꺼번에 발길질을 했다. 우리는 패티처럼 차곡차곡 엎드려 울기 시작했다. 발길질을 하는 소영이 가장 큰 목소리로 엉엉 울었다.

소영은 뒤돌아섰다. 맨 위의 아이부터 한 명씩 몸을 일으켰다. 나는 벗어놓은 교복을 향해 기어갔다. 찢긴 팬티엔 분홍색 토끼가 앞니를 드러내며 웃고 있었다. 알몸만큼이나 토끼의 앞니가 수치스러웠다. 나는 속옷 없이 교복만 챙겨 입었다. 교복 셔츠에 피가 얼룩졌다. 소영은 눈물을 훔치고 다시 돌아서서 친구들을 향해 걸어왔다. 친구들은 조금씩 자리를 옮겨 한가운데에 소영의 자리를 만들어주었다. 소영은 허리를 곧게 펴고 앉았다.

"나는 이강이랑 못 논다."

아이들은 한쪽 끝에 앉아 있는 나를 일제히 바라보았다. 입과 머리에서 자꾸 피가 흘러내렸다. 오른손 검지 손톱이 빠져 있었다. 바람이 불었고, 한기가 느껴졌다. 이가 덜덜 떨려왔다. 씀바귀 씨앗이 반짝였다.

"이제 너희가 선택해라."

소영은 옆에 앉은 친구 한 명을 손가락으로 지목했다.

"나냐, 강이냐."

친구는 코를 훌쩍거리며 머뭇거리다 소영 쪽으로 턱을 들었다. 소영은 그다음 친구를 지목했다. 그 친구도 소영을 선택했다. 한 명 한 명, 소영을 선택했다. 마지막으로 아람에게 물었다.

"넌 누구야."

아람은 대답이 없었다. 소영은 가방을 챙겼다. 가방에서 빗을 꺼내 머리를 빗었다. 휴지를 꺼내 얼굴을 닦았다. 할퀴어진 상처 위에 비비크림을 발랐다. 그리고 자리에서 일어섰다. 친구들은 소영의 뒤를 따라갔다. 아람은 사라져가는 소영의 뒷모습과 헝클어진 머리를 하고 있는 나를 번갈아 보다 멀어져가는 소영을 뒤쫓아갔다. 소영은 잠시 나를 돌아보았다.

공공화장실에 들어가 세수를 하고 옷매무시를 정리했다. 거울을 보며 입가에 굳은 핏자국을 닦아내면서 애써 거울 속 나와 눈이 마주치는 걸 피하려 했다. 집 현관문을 열자마자 고개를 숙이고 화장실로 들어갔다.

"강이야. 잘 다녀왔어?"

노크를 하며 엄마가 물어왔다. 깨끗한 옷으로 갈아입고 집을 나섰다. 등뒤에서 엄마가 어디를 가느냐고 묻는 소리가 들렸다. 친구들과 공부 좀 하고 오겠다고, 활기찬 목소리로 답했다. 그리고 무작정 걸었다. 되도록 사람이 많은 동네 쪽으로, 되도록 학교와 먼 동네 쪽으로 걸었다. 끔찍하도록 머리가 아팠다. 누군가가 여전히 머리채를 휘어잡고 있는 것 같았다. 머리카락 사이에 손을 넣고 손가락 빗질을 하면, 머리카락이 한 뭉텅이씩 딸려나왔다. 침을 뱉으면 여전히 피가 섞여 나왔다. 더이상 몸 어디에서도 피가 흘러내리지는 않았다. 점점 심하게 부어가는 내 얼굴을 누군가 알아볼까 고개를 숙이고 길을 걸었다. 쇼윈도에 비치는 내 모습을 곁눈질했다. 온몸이 아픈데도 내 모습은 거리를 걸어다니는 다른 중학생들과 똑같아 보였다.

늦은 밤이 되었을 때 나는 아무 아파트에나 들어갔다. 오층과 육층 사이 계단에 앉았다. 누군가 올라오는 소리가 들리면 소리를 피해 계단을 올라갔다. 누군가 내려오는 소리가 들리면 계단을 내려갔다. 센서등이 꺼지고 켜졌다. 계단에 앉아 잠이 들었다. 밤새 센서등은 꺼지고 켜지는 것을 반복했다.

아파트의 주민들이 출근이나 등교를 하는 시간에 맞춰 나는 아파트를 빠져나왔다. 슈퍼에 들어가 멜론빵과 우유를 샀다. 멜론빵은 버터밥보다 맛있었다. 남김없이 먹었다. 다시 계단으로 돌아갔다. 다음날 아침 다시 슈퍼에 갔다. 진열대 앞에 서서 사백원으로 사 먹을 수 있는 것이 없나 빵을 하나하나 들춰보았다. 가격이 적혀 있지 않은 빵 하나를 들어 주인에게 들고 갔다.

"이거 얼마예요?"

"오백원."

빵을 제자리에 가져다 놓고 다른 빵을 들고 갔다. 그렇게 몇 번을 반복했다. 사백원짜리 빵은 없었다.

"사백원 정도 하는 건 뭐가 있어요?"

주인은 초코파이를 내밀었다. 초코파이는 한입에 삼켜졌다. 배가 고팠다.

집으로 돌아왔다. 울고 있는 엄마와 무서운 표정을 짓고 있는 아빠를 지나쳐 부엌으로 갔다. 전기밥솥을 열고 주걱으로 밥을 퍼먹었다.

"좋니? 좋아?"

주걱을 빼앗으며 아빠가 물었다. 엄마가 달려와 아빠에게서 다시 주걱을 빼앗아 내 손에 쥐여주었다. 주걱을 쥔 채 나는 부모 앞에 무릎을 꿇었다.

"도와주세요."

좆밥

아이들은 창문마다 매달려 우리 가족이 운동장을 가로질
러가는 것을 내려다보았다. 복도에서는 엄마 아빠의 뒤로 아
이들이 따라붙었다. 아이들의 수는 점점 많아졌다. 나와 부
모는 나란히 교무실로 들어갔다. 어금니를 깨물며 담임에게
자초지종을 말했다. 많은 아이들이 교무실 밖 복도에 모여
있었다. 담임이 교무실 문을 소리 나도록 열었다.

"반으로 돌아가."

아이들은 돌아가다가 문이 닫히자 다시 몰려들었다. 교무
실 창문에 다닥다닥 붙어 웅성거렸다. 학생주임은 친구들을
모두 소집했다. 친구들과 부모는 테이블을 가운데에 두고 마
주앉아 있었다. 연꽃무늬 수가 놓인 엄마의 빨간 손가방을

친구들은 보고 있었다. 소영은 피식 웃었다.

"강이 부모님."

담임의 목소리가 들렸다. 엄마와 아빠는 꼭 잡고 있던 나의 손을 놓고, 담임을 따라 상담실로 걸어갔다. 친구들은 한 명씩 상담실로 들어갔다가 들어갔던 그 문으로 나왔다. 엄마와 아빠는 나오지 않았다. 우리는 모두 함께 상담실로 들어갔다. 엄마와 아빠는 그 안에 없었다. 학생주임이 물었다.

"너네 이게 몇번째야."

소영이 우산으로 바닥을 두들기던 것처럼 학생주임은 몽둥이를 들고 탁자를 톡톡 두들겼다.

"더이상 어떻게 할 수가 없다. 방법이 없다."

친구들은 손을 모아 쥐고 고개를 숙였다.

"너네 다 자퇴해."

친구들이 나를 보았다.

"대답해. 다 자퇴하겠다고."

학생주임이 깍지를 꼈다. 학생주임의 손가락 관절 부분은 유독 검었다.

"대답 안 하네. 너네 다 자퇴다. 끝."

우리는 계속 서 있었다.

"나가."

학생주임이 고갯짓으로 문을 가리켰다. 한 아이가 훌쩍훌쩍 울기 시작했다. 여기저기서 울음이 터졌다. 친구들의 울음이 엉겨붙어 애원이 되어갔다.

"학교는 다니고 싶으신가봐?"

나와 아람을 제외한 모든 아이가 고개를 끄덕였다.

"선택해. 너네 다 자퇴할래, 그냥 학교 다닐래."

"학교 다닐래요."

울음이 붙어 있는 목소리로 아이들이 말했다.

"너는."

학생주임이 내게 물었다.

"싸운 걸 인정할래, 없었던 일로 할래. 네가 선택해. 너 위장전입한 거 모를 줄 알아? 그거 하나만으로 자퇴 감인 거 알아? 너는 결석일수가 많아서 전학 갈 학교도 없는 건 알아? 네가 피해자라고 말하니까 학교에서 너한테 특별히 선택권을 주는 거야. 학교 다닐 거야, 말 거야. 다니기 싫으면 다 같이 자퇴하면 되는 거고. 알았지?"

선택을 해보았자 더 나쁜 쪽으로 일이 진행될 것을 나는 알고 있었다. 학생주임이 다가왔다.

"강이야, 고등학교 가야지."

내 어깨에 손을 얹었다.

"학교 다니겠습니다, 하고 대답해야지."

나는 고개를 끄덕였다. 내 어깨를 두 번 두들기고 학생주임은 나갔다. 아이들만 남았다.

"좆밥."

한 아이가 내게 말했다. 눈물 자국을 닦으며 다른 아이들은 나를 노려보고 있었다. 나는 교무실을 나왔다. 엄마와 아빠를 찾아 이리저리 학교를 돌아다녔다. 나는 전교생이 지켜본 밀고자가 되었다. 집에 돌아오니 엄마가 불고기를 해놓고 기다리고 있었다.

아이들이 없는 전민놀이터를 지나, 국기가 없는 국기 게양대를 지나, 전민상가로 들어갔다. 모니터를 바라보며 달리기를 하는 사람들이 가득한 피트니스센터를 지나, 유독 다리가 길어 보인다는 교복을 똑같이 수백 장씩 걸어둔 교복 가게를 지나, 전민마켓이 보였다. 마켓 안으로 들어가 둘러보았다. 아는 얼굴은 없었다. 다시 마켓 밖으로 나와 에스컬레이터를 타고 상가 이층으로 올라갔다. 마켓 입구가 내려다보이는 난간에 섰다. 몇 시간을 기다렸다. 소영의 엄마가 마켓으로 들어가는 것이 보였다. 이층에서 내려와 마켓으로 들어갔다. 진열대를 천천히 돌아다녔다. 정육점 코너에 소영의 엄마가

서 있었다.

"안녕하세요."

한우 팩을 손에 든 채 소영의 엄마가 돌아보았다.

"강이구나. 뭐 사러 왔니?"

"엄마가 식칼을 사오라고 전화를 해서요. 칼이 잘 안 든대
요. 그런데 칼 종류가 많아서 어떤 칼을 골라야 하는지 잘 모
르겠어요."

소영의 엄마는 나와 함께 주방용품 코너로 갔다.

"어떤 용도로 쓴다고 하시던?"

"고기요."

소영의 엄마는 식칼 한 자루를 골라 자기 장바구니에 넣었
다. 그리고 마저 장을 봤다. 내 몫의 칼까지 계산을 했다.

"요즘은 우리집에 안 오네. 맛있는 것 해줄게. 놀러와."

비닐봉지 속에 식칼 하나와 스니커즈 초코바 하나를 담아
내게 건네주었다.

"감사합니다."

비닐봉지를 받아 전민마켓에서 나왔다. 소영의 엄마가 사
준 초코바를 먹으며 소영의 엄마가 사준 식칼을 케이스에서
꺼냈다.

비키니 옷장에서 티셔츠 한 장을 꺼냈다. 티셔츠로 식칼을 둘둘 말아 가방에 넣었다. 무릎은 꿇지 말았어야 했다. 무릎을 꿇으면 희망이 있을 거라고 믿는 태도, 희망을 향해 다가가려는 태도가 나를 희망으로부터 멀어지게 만든 것 같았다. 병신이 되지 않으려다 상병신이 되었다. 나는 최악의 병신을 상상했다. 그것을 바라기 시작했다. 최악의 상황이 유일한 출구였다. 무차별하게 흙을 긁어쥐던 순간처럼, 아무 곳에도 손을 뻗을 수 없는 순간에야만 그러잡을 것이 생기리라는 희망이었다. 교문을 지나올 때 교문을 통과하고 있는 다른 아이들을 살펴보았다. 저들 중 누군가는 분명 창문에 매달려 나를 바라보았을 것이다. 나는 그들이 비웃어주길 기대했다. 아이들이 내 신발을 쓰레기통에 버려버리고, 밥 위에 가래를 뱉고, 화장실에 가둬버리길 기대했다. 아이들은 충분히 그럴 수 있었다. 나는 샤프심이 아니었다. 사뿐하고 안전하게 추락할 수 없었다. 딱딱한 아스팔트에 떨어져 깨져버리는 묵직한 수박처럼 완전히 깨어질 때에만 시원함을 느낄 수 있을 것이다. 마지막에야 찾아올 강렬한 수치심을 떠올리면 짜릿했다. 수치심의 끝에서만 나는 식칼을 꺼낼 것이다. 식칼을 꺼내기 위해 더 큰 수치심이 필요했다. 회복이 불가능한 병신이 되어야 했다.

책상에 앉았다. 아이들은 인사를 하지 않았다. 아이들은 나를 보지 않았다. 나는 가방을 책상 옆에 걸었다. 가방의 지퍼를 조금 열어두었다. 가방에 손을 넣어보았다. 어렵지 않게 식칼이 잡혔다. 잘해낼 수 있을 것 같았다. 필통을 꺼냈다. 아이들은 책상에 걸터앉아 이야기를 나누면서, 손거울을 보며 립글로스를 바르면서, 잘게 부순 라면을 먹으면서, 나를 주시했다. 아람이 다가왔다. 내 앞에 앉았다. 침을 삼키며 아람이 할 말을 기다렸다.

"튀김 숙제 했어?"

"뭐?"

아람은 내 필통 속에 있는 볼펜들을 하나씩 꺼내 구경했다.

"1교시 튀김이잖아."

"아니."

"나도 안 했는데. 같이 맞게 생겼네."

아람은 볼펜을 다시 필통에 넣은 후 일어났다. 그리고 옆에 앉아 있는 다른 아이에게 갔다. 다른 아이의 필통 속에서 볼펜들을 꺼내 구경했다.

"튀김 숙제 했어?"

아람이 다른 아이에게 물었다.

수학 선생이 들어왔다. 손에는 튀김용 나무젓가락이 들려 있었다. 튀김 선생은 숙제를 하지 않은 아이들의 손등을 튀김용 나무젓가락으로 때리곤 했다. 맞은 아이들의 손등에는 새빨간 줄이 생겼다.

"숙제 펴서 책상 위에 올려놔. 안 해온 사람 일어나."

나와 아람만이 자리에서 일어났다. 나는 손등을 내밀었다. 이렇게 시작하는 것도 나쁘지 않을 것 같았다. 지난번에 교무실 한 켠 학생주임과 담임 옆에 튀김 선생은 앉아 있었을 것이다. 튀김 젓가락을 만지작거리며 나와 부모를 바라보았을 것이다. 튀김 선생과 눈이 마주쳤다.

"음."

선생은 교탁으로 돌아가 튀김 젓가락을 휘두르며 말했다.

"다음에 또 안 해오면 두 배로 맞을 줄 알아."

운이 좋은 날이었다. 운이 나쁠 징조였다.

쉬는 시간에 다시 아람이 내 앞에 앉았다. 내 볼펜들을 꺼내 다시 구경했다.

"아람아."

나를 보고 '좆밥'이라고 말했던 아이가 교실 뒷문에 서서 아람을 불렀다. 아람은 내 볼펜으로 자기 손바닥에 무언가를 적기만 했다. 문에 서 있던 아이가 나와 아람을 향해 다가왔다. 심장이 뛰기 시작했다. 가방은 왼편에 있었다. 나는 오른손잡이였다.

'오른쪽에 놓을 걸 그랬나.'

나는 침을 삼켰다.

'어이, 좆밥, 학교 왔냐.'

'아람아, 좆밥 자리에서 뭐해.'

아람이 손바닥에 '좆밥'이라고 쓰고 있을 것 같았다. 아람과 그 아이는 아람의 손바닥을 보며 함께 커다란 목소리로 그걸 읽을 것이다.

'좆밥.'

뒷골에 전율이 왔다.

"뭐해?"

그 아이가 아람의 손을 보며 물었다.

"펜이 잘 나와."

아람은 손바닥을 펼쳐 보였다. 고양이 한 마리가 윙크를 하고 있었다.

"그러네."

아람은 볼펜을 필통 속에 넣었다. 그 아이와 아람은 복도로 나갔다.

　기다렸다. 안 좋은 일이 일어나기를 기다렸다. 쉬는 시간
에도 움직이지 않았다. 가방만 보면서 준비를 했다. 아이들
은 나를 괴롭히지 않았다. 나를 놀리지 않았다. 부르지 않았
다. 바라보지 않았다. 내부인도 외부인도 아닌, 없는 사람 취
급을 했다. 나는 당황하기 시작했다.

　아람은 계속 나를 찾아왔다. 말을 건네며 윙크를 하는 고
양이를 그려 내게 보여주었다. 그럴 때마다 어떤 대답을 해
야 할지 몰라 나는 말을 더듬었다. 소영이 아람을 부르면 아
람은 소영에게로 갔다. 나는 계획을 세웠다.

　아람이 눈앞으로 다가온다. 내 볼펜으로 자신의 손에 그
림을 그린다. 무슨 그림을 그리고 있는지 나는 알고 있지만,
모르는 척 기다린다. 아람은 윙크를 하고 있는 고양이를 그
려 눈앞에 보여준다. 나는 웃으며 아람에게서 볼펜을 건네받
는다. 아람의 손을 나의 손으로 받친다. 고양이 그림 위에 볼
펜을 가져다 댄다. 동그랗게 떠 있는 고양이의 눈 위에 색칠
을 할 것처럼 작은 점을 찍는다. 볼펜을 높이 들어 고양이의
눈을 내리찍는다. 고양이는 아람이 그랬던 것처럼 붉은 눈을
갖게 된다. 고양이의 온 얼굴이 붉게 물들 때까지 고양이의

눈을 내리찍는다. 잡고 있는 손을 놓지 않는다. 아람의 손을 뚫고 볼펜은 나의 손까지 와닿는다. 나는 그래도 멈추지 않는다.

하지만 아람이 다가와 꽁초를 내밀었을 때, 내 손을 끌어당겨 꽁초를 쥐여주었을 때, 나는 꽁초를 쥐고 가만히 있었다.

'아람아, 너는 더러운 함정이야.'

여전한 모든 것을 함정이라고 불렀다. 더럽고 교활한 함정이라고 마음속으로 외쳤다. 소영에게 무릎을 꿇었던 그날보다 더 굴욕적인 함정들이 일상처럼 되어갔다. 익숙해지지 않기로 했다. 아이들이 나를 내버려두기로 작정했다면, 내가 내버려둘 수 없게 해야겠다고 작정하기 시작했다.

아이들은 대부분 눈빛을 참지 못했다. 바라본다는 것만으로 '뭘 야려?' 하며 싸움을 걸곤 했다. 내가 아이들을 바라보기만 해도 일은 저절로 벌어질 것 같았다. 책상 대신 아이들의 눈을 바라보는 연습을 했다. 쉽지 않았다. 나도 모르게 눈이 아래쪽을 향했다. 집으로 돌아오면 화장실 거울을 보면서 눈을 똑바로 바라보는 연습을 했다. 미간에 한껏 힘을 주었고, 턱을 아래쪽으로 당겨 눈동자 밑으로 흰자위가 드러나게 했다. 눈을 깜빡이지 않고 얼마나 버틸 수 있는지 시간을 재 보았다. 나의 표정은 매섭게 보이지 않았다. 돌에 얻어맞고 배가 뒤집어진 맹꽁이처럼 보였다. 비누를 잡아 손가락 끝에 비빈 후에 그 손가락으로 눈을 비볐다. 흰자위가 벌겋게 충혈되었다. 눈물이 흘렀다. 눈물 때문에 앞이 보이지 않았다. 눈이 저절로 감겼다. 눈에 비누를 비비고 눈을 감지 않는 연습을 했다. 물 없이 사용할 수 있는 종이비누 한 장을 주머니에 넣고 다녔다. 수시로 주머니 속에서 종이비누를 만지작거렸다. 그리고 눈을 비볐다. 친구들이 지나갈 때마다 아래턱을 떨면서 쏘아보았다. 친구들은 개의치 않았다.

아람만이 내 눈을 바라보았다. 아람이 내 눈 속을 들여다보며 호호 불어 건네는 꿈초나, 귀여운 표정을 짓고 있는 고양이 그림을 보면 나도 모르게 눈에서 힘이 스르르 빠져버렸다. 함정을 보면 거부할 수 없게 되는 것이 함정의 특징이었다. 아람보다 선수를 쳐야 했다. 아람이 고양이를 보여주기 전에, 꿈초를 내밀기 전에, 나는 아람의 손을 쳐버리기로 했다.

아람이 다가오길 기다렸다. 아람은 나의 앞자리에 앉았다. 필통 지퍼를 열었다. 달그락거리며 필통을 뒤적였다. 나는 아람의 손만을 주시했다. 아람이 볼펜을 꺼낼 때, 나는 힘껏 아람의 손을 쳤다. 볼펜은 먼 곳까지 날아갔다. 아람은 날아가는 볼펜이 바닥에 떨어질 때까지 바라보았다. 그리고 자리에서 일어났다. 나도 일어섰다. 두 주먹을 불끈 쥐었다. 아람은 앉았던 의자를 책상 밑으로 집어넣었다. 나도 의자를 집어넣었다. 가방의 위치를 확인했고, 가방의 지퍼가 열려 있는지를 확인했다. 아람은 뒤돌았다. 날아간 볼펜을 주웠다. 어디로 가버렸는지 모를 펜 뚜껑을 찾아 아람은 교실 바닥을 기어다녔다. 펜 뚜껑을 주워 볼펜에 똑딱 끼웠다. 무릎에 묻은 먼지를 툭툭 털며 일어났다. 내 책상 위에 볼펜을 올려놓았다. 다음날부터 아람은 내 앞에 서서 다짜고짜 손바닥을 내밀었다. 윙크를 하는 고양이 그림이 그려져 있었다.

아람은 가끔씩 식판을 들고 내 자리로 왔다. 가끔씩 아람은 소영의 반에 가서 소영과도 급식을 먹었다. 책가방에는 식칼 한 자루가 늘 있었지만, 누군가가 그 사실을 알까봐 두려워지기 시작했다. 식칼이 있다는 것을 아는 것도 나 혼자였고, 그 식칼을 무서워하는 것도 나 혼자였다.

화장실에 가기 시작했다. 밥을 먹으면 예전처럼 졸음이 오기 시작했다. 수업시간에 선생이 던지는 농담에 아이들을 따라 웃기 시작했다. 최악의 병신이 될 희망은 점점 사라져갔다. 가짜 희망들이 몸을 간질였다. 웃지 않은 것 같았는데 입이 먼저 웃었다. 병신이 된 후에도 일상을 아무렇지도 않게 살아간다는 것이 진짜 병신이었다. 급식으로 특식이 나오는 날에는 기분이 나아졌고, 엎드려 잠이 들었을 때 등에 떨어지는 햇살은 포근했고, 아람이 가끔은 괜찮은 아이로 느껴졌고, 하루하루가 그렇게까지 최악은 아니었다. 나는 최악의 병신이 되는 일에도 실패한 최악의 병신이 되어갔다.

칼을 꺼낼 용기가 없다는 사실을 인정하자, 다시 집을 나갈 용기도 사라졌다. 학교를 박차고 떠날 용기도, 먼 밖까지 가보고 싶다는 꿈도 사라졌다. 나에게조차 나는 투명해져갔다. 그런 나를 편안해하기 시작했다.

운동장에는 아무도 없었다. 화단의 꽃들은 모두 다 싱싱했다. 새로 화단에 물을 주는 당번은 누구일까. 어떻게 모든 꽃들에게 물을 주었을까. 누가 그런 일을 해냈을까. 화단의 꽃들은 줄기가 적당히 굵었다. 앉은뱅이 꽃도 없었고, 샤프심처럼 줄기가 가느다란 꽃도 없었다. 사물함을 열어보았다. 오래전에 넣어두었던 가늘고 하얀 뿌리들은 말라비틀어져 무게가 전혀 느껴지지 않는 갈색 지푸라기가 되어 있었다.

아람이 엎드려 있는 나를 흔들었다.

"고등학교 어디 쓸 거야."

아람의 손에는 고등학교 입학원서가 들려 있었다. 나는 책상 서랍 속에 손을 넣었다. 구겨져 있는 종이 몇 장을 꺼냈다. 입학원서를 골라 들고 나머지는 다시 책상 서랍 속에 구겨넣었다.

"아직 안 썼는데."

비어 있는 칸을 바라보면서 내가 물었다.

"너는 어디 쓸 건데?"

"선생이 알아서 쓰겠지. 난 갈 데도 없어."

아람이 내 생각을 말하고 있는 것 같았다.

"갈 덴 없어도 어딘가 보내지겠지."

"보나마나 나는 농고에 가게 되겠지. 가면 트랙터를 몰겠지? 거기 가면 진짜 맨날 트랙터 타는 법 배운대. 소 모는 법도 배우겠지. 아니 그렇다고 소가 싫은 건 아닌데. 소는 좋아. 트랙터도 좋아. 소 타고 트랙터 타면 재밌긴 할 거야. 근데 뭘 소 모는 걸 삼 년이나 배워? 검정고시 봐서 취직하는 게 낫겠다. 농고 나오든 검정고시 보든 어차피 똑같은 취급일걸. 검정고시도 나는 삼 년은 공부해야겠지. 하지만 나는 검정고시도 떨어질 거야."

내 볼펜을 들고 원서 빈칸에 밑줄을 그으며 아람은 말했다.

"같이 가버릴까."

"농고?"

나도 아람처럼 밑줄을 그으며 되물었다.

"아니, 서울."

밑줄을 긋다 말고 아람은 내 눈을 들여다보았다. 투명하고 잔잔한 물속에서 공기 방울 하나가 올라왔다. 연이어 올라왔다.

두 아이

아이들이 같은 교복을 입고 같은 학교에 다니는 것처럼, 아람과 나는 같은 코스프레 비키니 바에서 일했다. 바의 이름은 '그라나다'였다.

"그라나다가 뭐예요?"

"스페인에, 진짜 죽여주는 도시."

"뭐가 죽여주는데요?"

음, 하며 사장은 턱에 삐죽이 나 있는 수염을 잡아당겼다.

"한마디로 말하자면, 진짜 죽여주는 곳이지."

사장은 턱을 긁적였다. 죽여준다고 말해주는 손님은 없었지만, 죽여주는 도시의 일원이 되기 위해 종업원들은 꾸준히 비키니만 입었다. 아람은 유두가 흐릿하게 비치는 하얀 비키니를 선택했다. 엉덩이에 하얗고 동그란 털방울을 붙임으로써 아람은 그렇게 되고 싶었던 '바니'가 될 수 있었다. 나는 커다란 리본이 달린 랩스커트를 허리에 두르고 일했다. 비키니 중에서는 가장 정숙해 보였기 때문에 어떤 손님들은 나를 찾았다. 나는 본명을 가명으로 썼다.

"아가씨, 진짜 이름이 뭐야."

손님들은 물었다.

"본명이에요."

'강이'가 본명이라고 생각하는 손님은 없었다. 동료들도 마찬가지였다.

"둘이 있을 때는 혜민이라고 불러주세요. 언닌 진짜 이름이 뭐예요?"

"난, 강이가 본명이에요."

나도 비밀을 말하는 듯 고백했다.

"난 진짜로 내 이름 말했는데……"

나는 거짓말을 하지 않은 것이 미안해졌다. 동료들이 본명을 고백해올 때, 나는 본명을 지어내야 했다. 거짓 본명을 들으면 동료들은 좋아했다.

"근데 언닌 진짜 몇 살이에요."

서로를 언니라고 믿었던 우리들이 알고 보면 같은 열일

곱 살일 때도 있었다. 같은 열일곱 살이라는 것을 알게 되고 나서도, 우리는 서로가 열일곱 살이라는 걸 완전히는 믿지 못했다. 서로의 나이도, 이름도, 서로의 무엇도 믿지 못했다. 그러면서도 우리는 술에 취하면 다시 서로의 이름과 나이를 알고 싶어했다. 믿지 않을 거면서도 그랬다. 같은 열일곱 살이라는 걸 다시 확인할 때면 처음 알았다는 듯 손을 맞잡았다.

첫 손님이 나갈 때에 아람은 말했다.

"1교시 끝."

아람은 바에서의 수업시간을 즐거워했다. 비키니만 입은 자신의 모습을 거울에 비춰보았다. 12월에도 해변에 있는 것 같다고 좋아했다. 나는 치마를 끌어내려서 허벅지를 더 감추는 것으로 팁을 더 받아냈다. 드러내거나 감추거나, 허벅지는 돈이 되었다. 아람은 비키니 브라 속에, 나는 하이힐 속에 팁을 접어 넣었다. 성처럼 쌓은 술잔들이 한꺼번에 무너지는 폭탄주 제조법을 아람은 배웠고, 손님과 쉽게 대화하는 매뉴얼을 나는 선배에게 전수받았다.

'첫째, 오늘의 날씨 이야기. 둘째, 저녁식사 이야기. 셋째, 손님이 입은 옷 이야기. 넷째, 흘러나오는 노래 이야기.'

만나는 손님마다 나는 거의 똑같은 말을 했다.

"오늘 날씨가 참 스산하네요. 오는 길 춥지는 않으셨어요? 식사는 하셨나요? 파란 넥타이가 잘 어울리시네요."

"오늘 날씨가 오랜만에 포근하네요. 오실 때 덥진 않으셨어요? 식사는 하고 오셨나요? 셔츠 색깔이 산뜻해 보이네요."

누구를 만나더라도 같은 이야기를 반복했다. 말을 하다보면 한 손님에게 했던 이야기를 그 손님에게 똑같이 다시 건네기도 했다.

"아까 그 얘기 했잖아."

그럴 때 손님들은 화를 냈다. 그럴 때가 아니어도 손님들은 화를 냈다. 아무 이유 없이도 화를 냈고, 술잔을 깨부쉈고, 아무 이유 없이도 기분좋아했다. 우리들도 마찬가지였다. 웃음이 터지지 않는 날이 없었고, 술잔이 깨지지 않는 날이 없었다. 그래도 다음날이면 서로 반갑게 다시 만나 술을 마셨고, 귓속말로 서로의 본명을 물어보았다.

'고도'라는 가명을 가진 종업원은 만나는 손님마다 〈고도를 기다리며〉의 대사를 읊어주었다. '고도'는 홍콩 사람이었다. 한국에 연기 공부를 하러 온 유학생이라고 했다. 고도에게는 일도 공부의 연장이었다. 일터는 유일한 무대였고, 손님들은 유일한 관객이었다. 고도는 술잔을 들고서 매일 공연을 했고, 매일 고도를 기다렸다. 손님들은 〈고도를 기다리며〉의 대사에 맞춰 서로 넥타이를 바꿔 매기도 했고, 셔츠를 벗기도 했고, 개처럼 짖기도 했다. 고도의 단골손님 중에는 고도의 학교 강사도 있었다. 강사는 학교에서 고도를 가르친 적이 있었고, 우연히 이 가게에서 고도를 다시 만났다고 했다. 공부하면서 일도 해야 하는 고도가 안쓰럽기도 하고 감동적이기도 해서, 강사는 고도의 단골손님이 되어주기로 결심했다고 했다.

"내가 오는 동안은 쉴 수 있으니까. 그동안은 이상한 손님을 안 받아도 되잖아."

강사가 오면 고도는 강사에게로 갔다. 강사는 고도를 응원했다. 응원하는 차원으로 만원짜리를 접어 고도의 가슴 속에 밀어넣었다. 그리고 고도의 가슴에서 손을 떼지 않았다. 강사가 돌아갈 때마다 고도는 곧 이 일을 그만둘 것이라고 했다. 공연 자리를 이미 알아보았고, 다음주면 그곳에서 일하게 될 것이라 했다. 우리는 미리 작별인사를 했고 고도의 행운을 빌어주었다. 하지만 그다음 주가 되고 또 그다음 주가 되어도 고도는 일을 그만두지 않았다. 그래도 우리는 매번 진심으로 마지막 작별인사를 했고, 진심으로 행운을 빌었다.

일을 마칠 시간이 되고 손님들이 모두 나가면, 아람은 복장은 그대로 한 채 신발만 갈아 신었다. 은색 스팽글이 달린 비키니를 입은 채 끈이 새까만 운동화를 질질 끌면서 돌아다녔다. 빈 컵을 모아 싱크대에 밀어넣고 고무장갑을 끼고 앞치마를 둘렀다. 나는 빗자루를 들었다. 정리를 다 하고 시간이 남으면, 그제야 허기가 밀려와 프라이팬을 꺼냈다. 우리들은 계란 프라이를 부치거나 라면을 끓여 함께 먹었다. 면발을 길게 들어도 라면 국물이 튈 옷이 없었다. 맨살에 튀면 손으로 닦아버렸다.

"돈 많이 벌고 싶어?"

라면 국물을 떠먹으며 고도가 아람에게 물었다.

"그것도 좋겠지."

아람이 보조치아를 엄지로 꾹 누르며 대답했다.

"다른 거 뭐 하고 싶어?"

아람은 국물을 뜨다 말고 고도를 바라보았다.

"비밀이야. 귀 대봐."

아람은 고도의 귀에 입을 가져다 대고 속닥거렸다.

"유기견을 많이많이 만나서 같이 살고 싶어."

"유기견이 누군데?"

고도가 종업원들을 향해 큰 목소리로 물었다. 동료들은 깔

깔 웃었다.

일을 끝내고 둘러앉아 야참을 먹는 시간에는 동료들이 모두 가족 같았다. 무인 모텔에서의 친구들보다도 친숙하게 느껴졌다. 병신인 동료도 없었고 병신이 아닌 동료도 없었다. 다 함께 익명의 병신이어서 아무도 병신이 아닐 수 있었다. 손님들도 마찬가지였다. 읍내동에서 살 것 같은 손님도 외제차를 몰 것 같은 손님도, 병신과 병신 아닌 사람으로 나눌 수가 없었다. 서로가 서로를 알지 못하고 서로가 서로를 믿지 않는다는 것, 그것이 우리를 더 가깝게 연결했다. 그라나다. 진짜 죽여주는 도시. 고개를 저으면서도 나는 자꾸 중얼거렸다. 그라나다.

비키니 위에 옷을 걸치기만 하면 될 것 같은 아람도 보일러실에 들어가서 옷을 챙겨 입었다. 보일러실은 난방이 되지 않았다. 반쯤 열린 창문으로는 거리의 노래와 함께 칼바람이 흘러들어왔다. 옷을 벗고 있을 때보다도 입기 시작할 때 몸에 소름이 돋는다고 아람은 말했다. 후드티를 입거나 야구모자를 쓴 동료를 보면, 처음 보는 사람처럼 낯설었다.

"너는 왜 입기만 하면 되는데 들어가서 갈아입어?"

아람이 비키니를 가방에서 꺼내 보였다.

"이건 유니폼이잖아."

종업원들은 유니폼을 서로 빌려 입기도 했다.

그라나다의 불을 끌 때면 아람은 화분에 토끼 꼬리를 올려놓았다. 불을 끄고 나면 아람의 꼬리만이 눈송이처럼 빛났다.

첫 월급으로 우리는 남산 타워에서 저녁을 먹었고, 두번째 월급으로는 아람의 앞니에 임플란트를 해 넣었다. 언젠가 그라나다로 함께 여행을 가자고 약속했다. 나는 옆에 누워 잠든 아람을 보며 아람을 불러내던 소영을 떠올렸다. 소영은 내가 아닌 아람을 선택했지만 아람은 소영이 아닌 나를 선택했다. 나는 싸움에서 지면서 아람을 얻었다. 아람은 내게 싸움이 가져다준 최고의 포상이 되었다.

우리 둘을 찾아낼 수 있는 사람은 아무도 없었다. 요긴한 적이 없었던 가족의 사랑도 사라졌다. 학교도 사라졌다. 끔찍함이 사라졌다. 한 세계를 빠져나온 기분이었다. 읍내동으로 돌아가지 않게 해달라고, 가끔 혼자 중얼거렸다. 보고 싶은 사람이 없어서 좋았다.

우리는 월급에서 십만원씩을 모아 같은 통장에 적금을 붓기 시작했다. 버려진 꽁초는 더이상 줍지 않았지만, 아람은 여전히 무언가를 잘 주워왔다. 바의 창고에서 값비싼 수입 맥주나 카망베르 치즈 같은 것을 가져왔다. 창고에 있는 물건들은 언제나 버려진 것처럼 보이므로 주워오는 거라고 했다. 나 역시 아람에게 주워온 물건 같았다. 소영과 싸웠던 그 날부터 쭉, 아람은 나를 버려진 고양이처럼 대했다. 집을 나가자던 아람의 제안이, 나를 주워가기 위한 것이었을지 몰랐다.

아람은 나의 물건과 자신의 물건을 구별하지 않았다. 아람의 돈과 나의 돈도 구별할 이유가 없었다. 아람은 내 옷을 자주 꺼내 입었다. 나도 아람의 옷을 자주 꺼내 입게 되었다. 같은 팬티를 구입해서 구분 없이 같이 입었다. 서로의 지갑에서 돈을 꺼내 군것질거리를 사왔다. 나와 아람은 서로에게 유일한 가족이 되어갔다.

칼

겨울에 길거리 트럭에서 귤을 사 먹었듯 여름에는 길거리 트럭에서 수박을 사 먹었다. 하나의 수박을 둘이서 들고 왔다.

"이걸 어떻게 깨 먹지."

수박을 두들기며 아람이 말했다.

"주먹으로 깨봐."

아람과 나는 번갈아가며 수박에 주먹질을 했고, 번갈아가며 주먹을 호호 불었다.

"던져버릴까."

아람이 수박을 들고 일어섰다.

"잠깐만."

나는 옷가지를 뒤졌다. 티셔츠로 말아놓은 식칼을 꺼냈다. 소영의 엄마가 사주었던, 오랫동안 책가방에 넣어 들고 다녔던 식칼이었다.

"여기 칼 있다."

아람이 손뼉을 쳤다.

"맞다, 거기 네 칼 있었지."

아람은 칼을 반가워했다. 칼이 거기 있다는 것을 아람은 언제부터 알고 있었던 것일까.

"누굴 죽이려고 식칼을 싸들고 다녀?"

아람은 싱글싱글 웃으며 물었다.

"칼은 죽이려고 쓰는 게 아니라 보호하려고 쓰는 거지."

나도 모르던 대답을 나는 하고 있었다.

"딱딱한 수박으로부터 빨리 우리 주먹을 보호하자."

나는 식칼을 딱딱한 수박 위에 세우고 힘을 주었다. 칼을 쓰는 일은 쉬웠다. 처음에 단 한 번만 힘을 주면 칼이 알아서 딱딱한 껍질을 뚫고 부드러운 속살로 미끄러져들어갔다. 수박은 시원하게 두 동강이 났고 빨간 즙이 방바닥에 흘렀다. 과일을 먹을 때마다 나의 식칼이 꺼내졌다. 퍼먹는 아이스크림이 돌처럼 딱딱할 때에도 식칼을 꺼냈다. 아람과 함께 칼의 손잡이를 잡고 낑낑대며 아이스크림을 잘랐다. 아이스크림 한 덩이가 떨어져나오면 아람은 두 개의 숟가락을 가지고 왔다.

"아이스크림이 어떻게 만들어졌는지 알아?"

"몰라."

"네로 황제가 알프스의 만년설을 떠오라고 명령했대. 먹어보고 싶어서. 만년설을 뜨러 먼길을 떠난 사람들은 거의 다 죽었는데 몇몇은 살아남아 만년설을 떠왔대. 그게 아이스크림이 됐어."

나와 아람은 산 모양을 만들어가며 아이스크림을 먹었다. 아이스크림 뚜껑에 붙어 있는 얼음 부스러기를 긁어모아 산 꼭대기에 올려놓고는, 둘이서 반 숟갈씩 나눠 먹었다.

"미친놈들이 만든 건 다 맛있지."

한 손에 식칼을 들고 숟갈을 입에 문 채 나는 고개를 끄덕였다.

"만년설 속에서 죽은 사람들은, 아이스크림을 세상에서 처음 맛본 사람들이겠다."

아람도 고개를 끄덕였다.

"같은 문신을 새기자."

"문신?"

나는 소영이 갖지 못한 걸 아람과 함께 갖고 싶었다. 우리가 한몸인 것처럼 살고 있다는 증거를 남기고 싶었다. 아람은 바니를 몸에 새기고 싶다고 했다. 어떤 문양이든 나는 상관이 없었다. 아람과 같은 것이면 되었다.

아람의 바니는 볼이 납작하게 그려졌다. 나의 바니는 가슴이 머리보다 풍만하게 그려졌다. 같은 그림인데도 다르게 보였다.

"안 아팠어?"

붉어진 살을 조심스럽게 만져보며 내가 물었다.

"안 아프던데."

타투이스트는 사람마다 통증이 다르다고 했다. 누군가는 아주 커다란 상처를 새겨도 전혀 아프지 않고, 누군가는 아주 작은 상처를 새겨도 남들보다 더 아프다고 했다. 문신을 새기는 것을 상처를 새기는 것이라고 표현했다. 추위를 많이 타는 사람과 덜 타는 사람이 있는 것처럼, 아픔을 많이 타는 사람도 덜 타는 사람도 있다고 했다.

'문신을 새기는 것처럼 아팠어.'

아람은 얕은 잠에 나지막이 침투하는 통증을 표현할 때 이 말을 쓸 거였다. 나는 식은땀을 뻘뻘 흘리며 어금니를 꽉 물어야 하는 아픔을 표현할 때에 이 말을 쓸 거였다.

어떤 이는 한 번 만에 또렷한 문신이 완성되고, 어떤 이는 여러 번 리터치를 해야 완성된다고 타투이스트는 말했다. 똑같은 모양이지만 표정이 다른 바니 문신을 보니 같은 것을 새겼다는 만족감이 없어졌다. 같은 교복을 입히는 것처럼 아무 의미가 없는 것 같았다.

아람은 문신의 딱지가 떨어져나오는 시간을 견디질 못했다. 가렵다며 어깨를 긁어댔다. 나는 가렵지 않았다. 아람이 어깨를 긁을수록 바니의 얼굴은 뭉개졌다. 자세히 들여다보지 않으면 바니처럼 보이지도 않았다.

"바니가 떡이 되어버렸어."

아람은 울상이 되었다. 울상이 되어서도 바니를 긁었다. 바니가 되길 원했던 아람은 떡이 되어버린 바니를 새긴 채 살게 되었다. 바니를 그다지 원하지 않던 나는 또렷한 바니를 새기고 살게 되었다.

아이들이 대학 진학에 대해 고민할 때, 아람과 나는 여행을 갈 계획을 세웠다. 통장의 불어난 잔액이 졸업장보다 뿌듯했다. 우리는 값싼 항공권을 찾아 인터넷을 뒤졌다. 여행 가이드 책과 여행 회화 책을 구입했다. 여권도 함께 만들었다. 여권의 텅 빈 페이지를 넘겨보며 앞으로 찍힐 도장의 문양을 상상했다. 다른 아이들이 공부를 할 때 너는 무엇을 했느냐고 누군가 묻는다면, 나는 그 여권을 꺼내 보여줄 것이다. 그 아이들이 알지 못하는 나라의 언어로 인사말을 건넬 것이다.

'아디오스.'

진짜 죽여주는 도시. 우리는 그곳에 갈 것이다.

목욕을 하러 나갔다가 아람은 돌아오지 않았다. 음식 국물이 여기저기 튀어 있는 티셔츠를 입고 발에 맞지 않는 커다란 슬리퍼를 끌고 가버렸다. 이태리타월과 때비누가 들어 있는 목욕 바구니와 지갑을 들고 가버렸다. 계좌의 돈도 함께 사라져 있었다. 항공권 발권을 하기 위해 입금을 하기로 한 날이었다. 우리가 함께 꾸던 꿈도 아람과 함께 사라져 있었다.

서랍장을 열었다. 하얀 원피스가 있었다. 아람이 사두고서 너무 아낀 나머지 한 번도 입지 못한 원피스였다. 함께 산 새 속옷들도 두 장씩 짝을 이루어 한편에 개켜져 있었다. 텔레비전 위에는 장난감들이 늘어서 있었다. 사은품으로 주는 그 장난감을 모으기 위해 매월 첫째 날에 아람은 꼬박꼬박 패스

트푸드점에 가곤 했다. 아람이 모아온 영화 티켓들도 아람이 빌려온 만화책들도 아람이 다리 사이에 끼고 자던 쿠션도 그 자리에 그대로 있었다. 좋다고 말했던 모든 것을 버려둔 채 아람은 갔다. 아람의 흔적으로 가득찬 방에서 아무 흔적도 찾아낼 수 없다는 것, 그것이 아람의 마지막 흔적이었다. 내가 편지 한 장 남기지 않고 집을 떠나온 것처럼. 아람은 나를 떠나간 것이다. 나는 병신으로 돌아왔다.

투어

냉장 우동 하나를 카트에 담았다. 사놓은 간편식품들은 어느새 유통기한이 지나 있었고, 지금 고른 이 우동도 어느새 유통기한이 지나 쓰레기통으로 향해야 할지도 몰랐지만, 나는 여러 종류의 간편식품을 신중하게 살폈다. 마트를 천천히 돌아다니며 식품과 생필품을 고르는 일이 일상에서 가장 큰 임무가 되어 있었다. 즉석식품 코너 건너편에 위치한 수족관이 보였다. 꼬마들이 수족관 유리에 코를 눌러박고 구경하고 있었다. 파란 조명을 켜놓아서 물은 푸른색으로 보였다. 화려한 색깔의 물고기들이 수족관 속에서 유유히 헤엄을 쳤다. 어떤 물고기는 꼬리가 잘린 채 헤엄을 쳤다. 어떤 물고기는 이미 죽어 수족관 위를 떠다녔다. 수족관 직원이 죽은 물고기를 작은 뜰채로 건져냈다. 광어가 생각났다. 수족관에서 수족관으로 이동하던, 죽는 날에만 그물 위에서 몸부림을 치던. 횟집 비린내가 났다.

"광어는 없어요?"

"광어는 수산물 코너에 있습니다, 손님."

직원은 안쪽의 수산물 코너를 가리키며 말했다. 꼬마들 틈에 끼어 허리를 굽히고 물고기를 구경했다. 물고기들은 쉬지 않고 헤엄쳐 다녔다. 운동장에서 축구를 하는 남자애들처럼 몰려다녔다. 한데 뭉쳐 있는 한 덩어리처럼 보였다. 친구들과 팔짱을 끼고 걷던 날을 떠올렸다. 내 팔에 와닿던 다른 팔의 친숙한 감촉을 떠올렸다. 그리고 소영과 함께 옷을 벗던, 소영의 몸에 내 몸을 밀착시켰던, 푸른 밤을 떠올렸다.

'물고기는 왜 헤엄을 칠까.'

횟집의 광어들은 왜 헤엄도 치지 않았던 건지 궁금해졌다.

허리를 펴고 일어섰다. 수족관을 둘러보았다. 물고기 먹이를 파는 코너에 투명한 캔이 쌓여 있었다. 캔 하나에 물고기 한 마리씩이 담겨 있었다. 어떤 물고기는 보랏빛이었고, 어떤 물고기는 붉은빛이었다. 캔 속에 담긴 물고기는 죽어 있지도 않았고, 헤엄치지도 않았다. 캔에 새겨진 입체 그림처럼 가만히 떠 있었다. 꼬마 하나가 캔을 살펴보다 이리저리 흔들어댔다.

"얘는 왜 여기 혼자 가만히 있어요."

나도 꼬마처럼 캔을 들어보았다.

"걔는 투어라 그래요. 혼자 둬야 해요."

직원이 종이 한 장을 건넸다. 종이에는 투어가 그려져 있었고, 투어를 키우는 방법이 안내되어 있었다.

직원은 앞치마 주머니에서 손거울을 꺼냈다. 손거울을 캔 앞에 가져다 댔다. 캔 속에 있던 투어는 거울을 보더니 그제야 지느러미를 펼쳤다. 보라색 투어의 숨겨진 지느러미는 붉은색이었다. 지느러미를 펼친 투어는 두 배의 몸집이 됐다. 투어는 캔 안을 바쁘게 헤엄쳤다. 거울을 향해 달려들었다.

"거울을 보면 지느러미를 펼쳐요. 자기 모습을 보고서 싸우려고 그러는 거예요."

그 물고기 캔을 카트에 담았다.

"꼭 혼자 두셔야 해요. 합사시키면 죽을 때까지 다른 물고기와 싸워요. 매일 거울 보여주시고요. 거울 안 보여주시면, 지느러미가 말려들어가서 죽을 거예요."

먹이와 어항도 카트에 담았다. 가게에서 가장 작은 어항이었지만, 물고기 한 마리가 살기에는 충분해 보였다.

투어는 아람을 대신해 나와 살았다. 나는 투어를 강이라고 불렀다. 강이는 평소에는 잘 헤엄치지 않았다. 플라스틱 물풀 뒤에 보라색 몸을 숨기고 있었다. 아침을 먹을 때에도 점심을 먹을 때에도 강이는 그 자리에 그대로 있었다. 강이는 혼자서 살았다. 다른 물고기와 함께 있게 된다면, 두 마리 중 한 마리는 온전치 못할 것이다. 상대방이 사라지거나, 자신이 사라지거나. 그것이 투어의 운명이었다. 살기 위해서 강이는 혼자서 살았다.

손거울 하나를 어항 옆에 두었다. 손거울을 강이에게 보여주었다. 물풀 뒤에 숨어 있던 강이는 거울을 향해 달려들었다. 굵은 핏줄이 팔뚝 위로 튀어나오는 것처럼 붉은 지느러미가 강이의 몸에서 튀어나왔다. 강이는 지느러미를 흔들어대며 유리에 머리를 박았다. 다시 뒤로 물러나 입을 크게 벌렸다. 강이는 거울 속의 자신과 남인 것처럼 싸웠다. 싸울 때면 지느러미가 부채처럼 활짝 펼쳐졌다.

강이가 들어 있는 어항에 다른 물고기를 넣는 상상을 했다. 강이는 운명처럼 싸우고야 말 것이다. 강이가 죽거나, 다른 물고기가 죽거나, 둘 중 하나는 없어져야 할 것이다. 강이에게 거울을 보여주지 않는 상상도 했다. 자신을 볼 수 없다는 것 때문에 강이는 곪아갈 것이다. 곪아가고 곪아가다가 어느 날 물위로 떠오를 것이다. 강이가 원하는 것이 그것일지도 몰랐다. 어항 속에서 혼자 살도록, 평생 거울과 함께 살도록, 태어날 때부터 그렇게 정해진 것은 아니다. 투어로 태어난 강이는 원래 어디에서 어떻게 살아야 했던 걸까.

강이는 물풀 뒤에 숨은 채로 나를 밤새도록 보았다. 꿈이 무엇이냐고 물어보았던 소영이나 아무 말 없이 사라져버린 아람이 떠오를 때마다 나는 이불에 들어가 몸을 웅크렸다. 텅 빈 방으로부터 나를 숨기려 했다. 그러다 이불을 박차고 화장실에 들어가 찬물로 세수를 하기도 했다. 물이 뚝뚝 떨어지는 내 얼굴을 거울 속에서 발견할 때마다. 이마에 핏대가 서고 숨이 거칠어졌다. 나는 강이에게 다가가 손거울을 보여주었다.

살아야만 한다.

그라나다

책가방에 물 한 통을 넣었다. 티셔츠로 말아둔 식칼을 넣었다. 강변에는 걷는 사람들뿐이었다. 걷기 위한 옷을 차려입고 걷기 위한 물통을 들고 오직 걷기 위해 걸었다. 나도 걸었다. 라벤더밭을 지날 때면 어릴 때에 보았던 만화책이 떠올랐다. 만화책 속에선 라벤더밭이 잿빛이었다. 주인공은 모든 등장인물을 라벤더밭에서 죽였다. 등장인물들이 흘린 피도 잿빛이었다. 잿빛의 라벤더밭이 실은 보라색이었다는 것을 목격하기 위해 나는 매일 강변을 걸었다. 조금씩 새카맣게 지워져가는 기억에 매일 다시 색을 입혔다. 조금 더 먼 곳까지, 조금 더 먼 곳까지 매일 걸었다.

강이가 거울을 보고 싸우는 횟수가 조금씩 줄어들었다. 강이는 거울 속 자신의 모습에 이제는 화가 나지 않는 모양이었다. 강이의 지느러미에 하얀 점처럼 곰팡이가 생겼다. 하얀 곰팡이는 점점 늘어나 금세 함박눈처럼 강이의 몸을 뒤덮었다. 지느러미들이 너덜너덜 찢어졌다. 물에서 쉰내가 났다. 마트에 가서 물고기의 피부병을 치료해주는 물약을 샀다. 어항에 몇 방울 떨어뜨렸다.

잊지 말아야만 한다. 너는 싸워야 산다는 걸.

하얀 곰팡이들이 줄어들었다. 찢어졌던 지느러미가 다시 붙었다. 며칠이 지나 하얀 곰팡이는 다시 강이의 지느러미를 덮었다. 강이에게 좋다는 소금욕을 시켜주었다. 다시 강이는 나았다. 하지만 강이가 싸우지 않는다면 이런 효과는 소용이 없었다. 나는 강이에게 더 자주 말했다.

잊지 말아야만 한다. 너는 싸워야 산다는 걸.

강이는 싸우지 않았다. 강이는 물속에서도 녹지 않는 눈뭉치가 되었다. 눈뭉치에서 하얀 살점이 떨어져나와 물속과 물위를 부유해 다녔다. 소영의 스노볼이 떠올랐다. 언제나 겨울이었으나 언제나 따스해 보였던 스노볼이 떠올랐다. 제 얼굴에 떨어지는 눈을 바라보며 덜덜 떨던 우리집 개 강이도 떠올랐다. 사계절 내내 눈이 쌓인 곳에 강이와 함께 가겠다던 다짐도 떠올랐다. 물고기 강이는 사계절 내내 눈이 내리는 장소에 도착해 있었다. 폭설에 덮인 듯 강이는 곰팡이 속에서 포근하게 죽어갔다.

　책가방을 메고 어항을 끌어안고 강변으로 갔다. 처음으로 끝까지 걸어갔다. 길이 끊어졌다. 돌더미 사이로 풀이 무성하게 자라 있었다. 여기저기 지저분한 물웅덩이가 보였다. 보이지 않는 먼 곳에 고속도로가 있는지 차들이 빠르게 달리는 소리가 들렸다. 강물은 폐수로 이어져 있었다. 진흙을 밟으며 폐수를 따라갔다. 폐수는 덤불로 뒤덮인 산에서부터 졸졸 흘러내려왔다. 폐수를 따라 산을 올라갔다. 폐수는 하수관에서 흘러내려오고 있었다. 쪼그려앉아 하수관의 구멍을 들여다보았다. 썩은 내가 풍겼다. 하수관의 입구에는 곰팡이가 잔뜩 끼어 있었다. 구멍 깊은 곳은 까맸다. 우물처럼 보였다. 발을 헛디디면 빠질 것 같았다. 하수관 입구에 가방을 두었다. 가방에서 식칼을 꺼냈다. 한 손에 식칼을 쥐고 어항을 안은 채 구멍 속으로 기어들어갔다. 무릎이 젖었다. 무릎을 잡고 웅크렸다. 고요했다. 내가 더 고요했기에 주변은 소란스러워졌다. 벌레 소리가 들려왔다. 바람이 지나갈 때마다 나뭇잎들이 하수관 위로 요란하게 떨어졌다. 하수관 깊은 쪽에서부터 바람과 함께 울음소리가 실려왔다. 식칼만이 어둠 속에서 반짝였다. 식칼이 나를 지켜주고 있었다.

'그라나다.'

하수관을 그라나다라고 부르기로 했다. 진짜 죽여주는 도시. 나는 그라나다에 강이를 버렸다. 강이는 폐수를 따라 흘러내려갔다. 폐수에는 물살이 있었다. 물살을 따라 흘러가던 강이는 어느새 지느러미를 한껏 펼치고 있었다. 죽어가던 강이는 물 만난 고기처럼 헤엄쳤다. 강이에게 수족관은 다신 없을 것이다. 강이의 끝은 수족관이 아니었다. 죽음 직전에나 잠시 퍼드덕거리는 광어들과는 달랐다. 강이는 나아갔다. 이 폐수는 강물로 이어질 것이고, 강물은 바다로 이어질 것이다. 세상의 끝에서 다시 시작할 것이다. 죽음이든, 아니든.

옷가지를 헌옷 수거함에 집어넣었다. 선풍기와 전기장판을 옆집 현관 앞에 두었다. 책가방에 티셔츠로 싼 식칼만 넣고, 집으로 돌아갔다.

기도

읍내동은 그대로였다. 초등학교 옆 비닐 천막 떡볶이집도, 그 옆 함석대문 철물점도 그대로였다. 그러나 하늘색 건물이었던 동건빌라는 보라색으로 칠해져 있었고, 니은이 떨어져 나가 동거빌라가 되었다.

엄마는 맨발로 문을 열었다. 강이는 나를 보자마자 바닥에 오줌을 쌌다. 오줌을 밟은 앞발을 들어 나의 무릎을 긁었다. 꼬리가 팽글대며 맹렬히 돌아갔다. 엄마는 내 손을 잡아끌었다. 엄마의 액자 앞으로 데리고 갔다. 액자 아래 좌탁에는 여전히 정화수와 초가 있었다. 얼마나 많은 촛농이 상 위로 흘러내렸는지, 상과 촛농은 한몸처럼 떡이 돼 있었다. 엄마는 정화수에다 절을 했다.

"감사합니다."

절을 하고 나서 엄마는 나를 끌어안았다. 엄마가 떨어질 때까지 나는 가만히 있었다. 나는 강이 앞에 앉았다. 강이는 나의 눈 코 입을 연신 핥았다. 배를 드러내고 누웠다. 나는 강이의 배를 만져주었다. 강이는 드러누운 채 내 양말을 두 발로 붙잡고 핥고 있었다. 양말을 벗어주자 양말을 입에 물고 돌아다녔다. 개집 안에 보물처럼 넣어두었다. 개집 안에 들어 있는 내 양말을 들여다보기 위해 방바닥에 머리를 대었다. 책가방을 멘 그대로 잠이 들었다.

눈을 떴다. 몸에 이불이 덮어져 있었다. 엄마와 아빠가 내 앞에 앉아 나를 지켜보고 있었다. 식탁에는 밥이 차려져 있었다.

"밥 먹자."

아빠가 나에게 손을 내밀었다. 아빠 손을 잡고 일어섰다. 나는 식탁 옆에 책가방을 벗어두고 가족과 함께 식탁에 앉았다.

"좋니."

밥을 입안에 넣으며 아빠가 물었다. 아빠는 더이상 무서운 표정을 짓지 않았다. 나의 눈을 들여다보지도 않았다. 나의 어깨 정도에 시선을 두고 있었다. 아빠는 피곤해 보였다. 사년 전만 해도 철심처럼 빳빳했던 머리카락이 숱도 없이 가늘어진 채 힘없이 이마 위에 늘어져 있었다. 나는 애써 대답하기 위해 고개를 끄덕이지도 가로젓지도 않았다. 식탁에는 여전히 불고기가 올라와 있었지만, 엄마도 아빠도 내 밥그릇에 불고기를 올려놓지는 않았다. 그게 마음을 편안하게 했다. 아무 대답도 하지 않았지만 아빠는 혼자 고개를 끄덕였다. 우리는 묵묵히 밥을 먹었다.

"왔으니까 된 거야."

텔레비전을 바라보면서 아빠가 말했다. 그리고 바람이 빠지는 공처럼 스르륵 자리에 누웠다. 드라마가 끝나자 엄마와 나는 서로를 마주보았다. 서로 무슨 말을 해야 할지를 고민하고 있었다. 잠시 후 엄마는 말없이 일어났다. 이불을 가져와 아빠에게 덮어주었다. 걸레를 들고 텔레비전을 닦고, 방을 닦았다. 닦을 것을 다 닦고 나자 행주를 삶았고, 행주를 다 삶고 나자 집안을 서성거렸고, 그러다 정화수 앞에서 절을 했다. 예전에 엄마는 절을 할 때마다 기도의 내용을 내가 다 들을 수 있게 큰 목소리로 읊곤 했다. 그러다 울먹거리는 음성을 기어이 내게 들려주곤 했다. 오늘의 엄마는 달랐다. 울먹이는 목소리 없이, 자신의 손끝에 시선을 고정한 채 절을 반복했다. 내가 보고 있다는 사실을 이제는 신경쓰지 않는 것 같았다.

내 방은 변한 것이 없었다. 다만, 내 물건을 뒤덮고 생필품들이 쌓여 있었다. 책상 위는 내 필통과 공책들이 그대로 있었지만, 개 사료 포대와 두루마리 화장지 묶음이 점령하고 있었다. 먼지가 뽀얗게 쌓인 명절 선물 세트 몇 개가 가방을 놓던 자리에 놓여 있었다. 침대 위에는 떡가래 같은 흰 초가 한가득 든 상자가 올려져 있었다. 다른 용도가 되어버린 내 방을 둘러보며 내가 알던 부모도, 이 방에 살던 나도, 이제 사라졌다는 걸 알았다.

비키니 옷장을 열었다. 금빛 단추의 교복이 그대로 걸려 있었다. 책가방을 열어 식칼을 꺼냈다. 비키니 옷장 깊숙이 넣어두었다.

나는 너에게 갈 것이다.

이른아침부터 엄마는 무릎을 꿇고 거실에 앉아 있었다. 반질반질한 염주를 돌리고 있었다. 무릎 위에 천수경이 펼쳐져 있었다. 엄마는 무슨 기도를 하고 있을까. 돌아온 나를 또 돌아오게 해달라고 하고 있을까. 엄마는 이제 기도 자체가 필요한 것 같았다. 같은 기도문을 수십 번 반복하고 있었다.

사라사라 시리시리 소로소로 못쟈못쟈 모다야 모다
야……

경은 알아들을 수 없는 말로 되어 있었다.

"무슨 뜻이야?"

"엄마도 몰라. 알아서는 안 되는 거야."

"알면 안 된다고?"

"우주선에 원숭이를 태운다고 해보자. 우주선의 원리를
원숭이가 알 수는 없겠지. 하지만 원숭이도 우주선의 빨간
버튼 하나만 누르면 우주에 갈 수 있잖니. 신의 뜻도 사람은
알 수 없는 거야. 하지만 경을 외면 지옥에 떨어진 사람도 꺼
낼 수가 있어."

엄마는 천수경의 한쪽 페이지를 나의 손에 쥐어주었다.

"읽어봐. 아무것도 이해하려 하지 말고."

엄마는 나를 이해하려는 노력을 그만두기로 한 모양이었
다. 나는 슬그머니 엄마에게 천수경을 돌려주고 일어섰다.
부엌 찬장을 열어 칼갈이를 찾아 방에 들어왔다. 옷장 속에
칼갈이를 넣어두었다.

기도가 끝나면 엄마는 아침밥을 차렸고, 청소를 했고 다시
기도를 했다. 점심밥을 차렸고, 텔레비전을 보았고 정화수를

깨끗한 물로 갈고 다시 기도를 했다. 아빠가 돌아오면 저녁 밥을 차렸고 아빠와 함께 다시 텔레비전을 보았다. 텔레비전에서는 매일 흔한 살인사건들이 쏟아졌다. 이십대인 임씨가 유씨를 죽였다고 했다. 그들이 십대였을 때 그들 사이에 다툼이 있었고, 몇 년이 지난 어느 날, 문득 임씨가 유씨를 찾아가 죽였다고 보도하고 있었다. 엄마는 혀를 차고 있었다. 아빠는 뻥튀기를 입에 넣고 있었다. 평범한 일이었다. 임씨가 유씨를 죽이는 일도, 혀를 차는 일도, 뻥튀기를 먹는 일도 반복되는 일상의 작은 부분일 뿐이었다.

거실에서 엄마의 기도 소리가 새어들어왔다. 개미구멍에서 개미가 쏟아져나오는 듯한 그 소리는 해가 떠 있는 동안에는 분명 기도 소리였다. 새벽이 깊어갈 때에는 조금씩 이상한 중얼거림으로 바뀌어갔다. 누군가에게 저주를 퍼붓는 듯한 욕설이 섞여 있기도 했다. 수다를 떠는 것처럼 웃음소리가 섞여 있기도 했다. 내 이름을 부르는 소리가 들리기도 했다. 아직 말로 태어나지 못한, 말이 된 지 너무 오래되어 문드러져버린, 말을 아예 잃어버린 것만 같은 중얼거림이었다. 이상하게도 기도보다 더 간절하게 들렸다. 중얼거림이 불개미처럼 여기저기 기어다녔다. 엄마의 중얼거림 너머에서 아빠가 코를 고는 소리가 들렸다. 아빠는 잠귀가 예민해서 냉장고를 여는 소리만 들려도 잠에서 깨버리곤 했었는데. 엄마와 아빠가 내는 소리들을 오래 들으며 누워 있었다. 옷장을 열어 칼갈이를 꺼냈다. 나는 내 몫의 소리를 내며 칼을 갈았다.

센서등

강이에게 밥을 주고 책상에 앉았다. 책상 위로 불개미들이 줄을 지어 갔다. 사료 포대 속으로 행진했다. 포대를 열었다. 사료 알갱이만큼 수많은 개미가 바글거렸다.

"강이야."

강이가 사료를 냠냠 씹으며 나를 쳐다보았다. 강이의 입에서 수많은 붉은 점들이 기어나왔다. 강이는 입맛을 다셨다. 코를 핥았다. 코 쪽으로 도망가던 불개미들이 도로 강이의 입속으로 딸려들어갔다. 그리고 다시 기어나왔다. 강이는 밥그릇을 싹싹 핥았다. 강이가 귀를 털자 개미 한두 마리가 바닥으로 떨어졌다.

엄마는 두 사람으로 지냈다. 낮에는 예전처럼 상냥했고, 뉴스를 보며 혀를 찼고, 조곤조곤 기도를 했다. 밤에는 불 꺼진 거실에 앉아 이상한 목소리로 이상한 소리를 냈다. 밤의 목소리는 엄마의 목소리라기보다는 내 목소리처럼 느껴졌다. 나를 대신해서 밤마다 엄마는 무릎을 꿇고 앉아 있었다. 소영에게 침을 뱉을 때 입안에서 느껴졌던 피맛과 소영의 몸을 핥을 때 입안에서 느껴졌던 짠맛이 동시에 내 입안에서 서걱거렸다. 소파에 누워 벽을 타고 기어가는 불개미들을 하릴없이 바라보고 있을 때에도, 아무 말 없이 빨래를 개고 있는 엄마의 뒷모습을 바라볼 때에도, 자꾸 어디선가 엄마의 중얼거림이 들려왔다. 눈을 뜬 채로 꾸는 이 악몽을 나는 '센서등'이라고 이름 붙였다. 센서등은 제멋대로 켜졌다. 어둠 속에 숨어 있던 어떤 것들이 움직이고 있는 것 같았다. 보고 있을수록 어떤 장면은 더 자세해졌고, 어떤 장면은 물감이 번지듯 뭉개져버렸다. 소영 앞에 무릎을 꿇는 내 모습이 센서등의 불빛 아래서 가장 선명했다. 소영의 얼굴에 점점이 맺혀 있던 핏방울들은 가장 아름다웠다. 소영과 싸웠던 날에 들려왔던 명령의 목소리는 가장 웅장했다. 야릇한 증오가 담겨 있던 소영의 입술은 나를 가장 무력하게 했다. 낮잠 속에 묻어나온 성욕처럼 나를 옭아맸다.

우리집은 네 마리의 짐승이 각각 다른 광경에게 말을 걸며 사는 공간이었다. 강이는 아무도 없는 베란다 창문에 대고 귀를 쫑긋거렸고, 나는 방에서 옷장 깊숙이 넣어둔 식칼을 꺼내 보았고, 엄마는 거실에서 무릎 위에 천수경을 펼치고 있었고, 아빠는 안방에서 코를 골며 잠을 잤다. 우리는 각자의 어항에서 홀로 싸움을 했다. 소영의 목소리가 떠오를 때쯤에 나는 손가락을 팬티 속에 집어넣었다. 엄마의 중얼거림이 빨라지고 격해져서, 발음이 더욱 뭉개질 즈음에는 흥분 상태가 되었다. 아이들의 시선 속에서 주먹질을 해댔던 나의 모습을 떠올리다가, 숲속에서 발가벗겨졌던 나의 몸을 떠올릴 즈음이면 오르가슴이 찾아왔다. 식칼이 나의 살을 뚫고 튀어나온 가시처럼 느껴질 때, 나는 소영을 향해 달려들 것이다. 나를 찌르는 심정으로 소영을 찌를 것이다. 소영의 옷이 피로 물든다. 소영은 쉽게 쓰러진다. 나는 멈추지 않는다. 소영의 이목구비는 모두 빨간 구멍이 된다. 내 운동화에 붉은 물이 든다.

'읍내동 사는 주제에.'

나는 몸을 부르르 떨었다. 빨갛게 펼쳐지던 강이의 지느러미처럼 몸이 두 배는 부풀어올랐다. 나는 지느러미로 방안을 가득 채웠다. 방안을 떠다니다 잠이 들었다.

"강이도 같이 갈래?"

목욕을 다녀온 엄마가 방문을 열었다. 고개를 저으려다 생각을 바꿨다. 내가 들어줄 수 있는 마지막 부탁일 거였다. 법복을 차려입은 엄마와 집을 나섰다.

조약돌들이 발밑에서 경쾌한 소리를 냈다. 인부들이 연등을 설치하고 있었다. 엄마와 나는 연등 아래를 걸었다.

"이게 다 소원인가봐."

나는 연등 아래 나풀거리는 종이를 쳐다보았다. 무병장수, 부귀공명, 소원성취, 사업성공.

"같이 적을래?"

엄마는 법당에 들어가 종이 한 장과 펜을 가지고 나왔다. 나에겐 입 밖으로 꺼낼 수 있는 소원이 없었다. 엄마는 종이를 잠시 바라보다가, 소원의 내용 대신 '사라사라 시리시리 소로소로'를 적기 시작했다. 빼곡하게 신묘장구대다라니경을 적어나갔다. 그 소원 종이를 연등 아래에 매달았다.

법당 안은 높은 천장까지 촛불들이 켜져 있었다. 어떤 불상은 거대했고, 어떤 불상은 손바닥만큼이나 작았다. 엄마는

스님들과 신도들과 함께 예불을 드렸다. 나는 산신각이니 적
조전이니 하는 건물들을 돌아다녔다. 어디든 쌀과 떡과 과
일들이 쌓여 있었고, 사람들은 무릎을 꿇고 기도를 했다. 엄
마는 내가 읍내동으로 돌아오게 해달라고 빌어왔을 것이다.
나는 읍내동으로 돌아가지 않게 해달라고 빌어왔다. 소영과
싸우던 날에, 나는 소영을 이기게 해달라고 중얼거렸다. 소
영 또한 나를 이기고야 말 거라고 중얼거렸을 것이다. 한쪽
의 기도가 강해질수록 다른 한쪽의 기도는 짓밟혔다. 기도도
기도끼리 싸움을 했다. 어떤 기도가 욕망대로 이길수록 어떤
기도는 무참히 지게 되어 있었다. 이것을 기도라고 할 수 있
을까. 연등에서 떨어져버린 소원 종이 몇 개가 조약돌밭을
굴러다녔다. 한 스님이 떨어진 종이를 주워 다시 연등에 매
달았다.

"이게 모두 몇 개예요?"

떨어진 종이를 주워 스님에게 건네며 내가 물었다.

"오천 개예요."

바람이 불 때마다 서로 다른 오천 개의 소원이 같은 방향으
로 흔들렸다. 또다른 연등에서 소원 종이 몇 개가 떨어졌다.

사람들이 목장갑을 꼈다. 엄마도 목장갑을 꼈다. 노란 포

대 하나씩을 들었다. 사람들을 따라 산으로 올라갔다. 노란 국화가 피어 있었다. 언덕 너머까지 온통 국화밭이었다. 사람들은 노란 국화를 따서 포대에 담기 시작했다. 절에 온 사람은 누구나 울력을 해야 한다고 했다. 나도 국화를 땄다. 어린 꽃송이의 모가지를 부러뜨렸다. 사람들은 말린 국화차를 사갈 것이다. 뜨거운 찻물 속에서 어린 국화는 죽은 채로 피어날 것이다. 국화를 따면서 엄마 쪽으로 다가갔다. 엄마는 기름때 같은 눈물을 흘리고 있었다.

"아무리 따도 줄지를 않아. 강이야."

엄마는 꼬마처럼 울었다. 아주 먼 곳까지 피어 있는 국화들을 바라보았다.

"매주 따는데, 그렇게 따는데. 왜 줄어들질 않는 거니, 강이야."

아무리 열심히 기도를 해도 마찬가지일 것이다.

어둠 속에서 자박자박 걸음 소리가 다가왔다. 내 얼굴을 할퀴었다. 강이였다. 갈색 얼룩이 있는 강이가 벽지의 얼룩처럼 눈앞에 서 있었다. 나는 움직이지 않았다. 강이는 앞발을 들었다. 발톱을 세워 내 얼굴을 할퀴었다. 내가 안아줄 때까지, 강이는 내 얼굴을 할퀴었다. 나는 한쪽 팔을 폈다. 강이는 내 품을 파고들어 겨드랑이에 얼굴을 묻었다. 동그랗게 웅크린 얼룩이 얌전하게 숨을 쉬며 잠이 들었다. 강이의 코에서 나오는 날숨이 얼굴에 닿았다. 소영과 아람과 함께 돌봤던 고양이를 생각했다. 소영이 만든 흉터가 인중에 점처럼 박혀 있었던. 강이의 인중을 손가락으로 꾹 눌렀다. 강이는 깨어났다가 금세 다시 잠들었다.

스노볼

지평선에서부터 햇빛이 조금씩 건너왔다. 엄마의 중얼거림이 멈추었다. 나는 비키니 옷장을 열었다. 점퍼를 꺼내며 옷장 가장 깊숙한 곳에 넣어두었던 티셔츠도 함께 꺼냈다.

현관문은 열어두었다. 강이가 원한다면 이제 어디로든 갈 수 있었다. 버스 정류장에 나는 앉았다. 새벽의 거리는 밝음과 어둠이 공평하게 공존했다. 환한 버스들이 정차해 문을 열어주었고 다시 떠났다. 버스에는 한두 명의 사람들이 점퍼 속에 목을 깊숙이 넣은 채 앉아 있었다. 낯익은 번호의 버스가 멈춰 섰다. 나는 그 버스에 올랐다. 처음 보는 간판들이 익숙하게 지나갔다.

소영의 집 불빛은 환했다. 열여섯 살의 내가 거기 서서 나를 기다리고 있었다. 열여섯 살의 내 옆으로 나는 다가갔다. 등교를 하는 아이들이 하나둘 아파트를 빠져나오기 시작했다. 낯선 교복을 입고 있었다.

'디자인이 바뀌었구나.'

이제 아무도 입지 않을 낡은 교복을 입고 열여섯 살의 내가 물끄러미 나를 바라보았다. 가로수의 꼭대기에 홀로 남아 있는 나뭇잎이 떨리고 있었다. 나는 점퍼 지퍼를 열고, 티셔츠를 한쪽 품에 넣었다. 점퍼 지퍼를 끝까지 채웠다.

정장을 입고 출근을 하는 사람들이 아파트를 빠져나왔다. 시간이 조금 더 지나자, 노란 셔틀버스들이 아파트 단지로 들어왔다. 유치원복을 입은 아이들이 다리를 크게 벌리고 버스에 올라탔다. 그다음, 택배 트럭이 나타났다. 택배 기사가 손수레 가득 상자를 옮겨 싣고 아파트로 들어갔고 빈 수레를 끌며 다시 나왔다. 그리고 이삿짐센터 트럭이 들어왔고, 사다리를 펼쳐 소영의 아랫집 창문으로 짐을 실어날랐다. 피아노 한 대가 사다리를 타고 유유히 하늘로 올라가는 모습을 바라보았다. 소영이 이사를 갔을지도 모른다는 생각이 들었다. 그러나 나는 소영을 기다려야 했다. 전민아파트에 살고 있는, 전민동 주민인 소영을 만나야 했다. 영원히 만날 수 없다는 사실이라도 반드시 만나야 했다.

아파트의 현관은 계속 열리고 닫혔다. 현관 유리문에 반사되는 빛은 푸른색이었다가, 주황색이었다가, 하얀색이 되었다. 소영이 밖으로 걸어나왔다. 소영이 한 발 한 발 다가왔다. 소영은 여전히 소영처럼 보였다. 나는 점퍼를 열었다. 칼의 손잡이를 쥐었다. 소영을 향해 걸어갔다. 눈이 마주쳤다. 소영은 무심히 내 옆을 지나쳐갔다.

"소영아."

나는 식칼을 꺼냈다. 소영이 뒤돌았다. 고개를 비스듬히 하고 나를 보았다.

"나야."

소영은 눈을 깜빡거렸다. 소영의 눈꺼풀이 소영의 눈동자를 닫고 여는 것을 보면서, 나는 소영의 기억이 조금씩 열리는 것을 보았다.

"아, 읍내동 살던 애."

소영은 식칼에 한번 눈길을 주고는 내 얼굴을 다시 보았다.

"뭐하니?"

차 한 대가 우리 옆을 느리게 지나갔다. 나는 식칼을 숨기지 않았다. 손이 떨리기 시작했다. 소영은 떨리는 칼을 바라보았다.

"찌르려고?"

소영의 입가에 웃음이 일었다. 나는 한 걸음씩 소영을 향해 걸었다. 소영은 그 자리에 그대로 서 있었다. 발걸음을 떼기가 어려웠다. 발이 미끄러졌다. 한쪽 발이 접질렸다. 휘청거리다 다시 균형을 잡았다. 한쪽 발을 절룩이며 다가갔다. 소영은 터져나오려는 웃음을 참고 있는 표정이었다. 소영은 키가 더 자라 있었다. 젖살이 빠져 턱선이 더 선명해져 있었다.

"찔러봐."

소영은 아무렇지도 않게 말했다. 소영을 향해 힘껏 팔을 뻗었다. 칼은 소영의 팔뚝을 스치고 소영의 몸 바깥으로 빗나갔다. 소영의 모직 재킷이 찢겨나갔다. 모직 재킷 안에서 하얀 솜이 삐져나왔다. 흰 솜이 붉어졌다. 피를 흘리는 것은 소영이었는데, 놀라고 있는 것은 나였다. 내 심장이 뛰는 소리가 내 귀를 메웠다. 소영의 눈이 매서워졌다.

"찔러."

명령이었다.

"찔러."

소영은 한번 더 명령했다. 나는 다시 팔을 뻗었다. 그러나 손에 힘이 들어가질 않았다. 모직 재킷이 조금 더 찢어졌을 뿐이었다. 나는 소영이 아름답다고 생각했다. 칼을 쥐고 있기조차 힘들 정도로 손이 떨렸다. 소영은 피식 웃었다. 그리고 뒤돌아서서 걸어갔다.

소영이 걸어가는 길 너머로 아파트가 보였다. 그 너머로 또다른 아파트가 보였다. 수많은 창문들 속에는 수많은 임씨와 유씨가 살고 있을 것이다. 매일매일 임씨는 유씨를 죽이고 싶어할 것이다. 어쩌면 죽일 것이고, 어쩌면 죽이지 못할 것이다. 뉴스를 보며 사람들은 매일매일 혀를 찰 것이다. 수많은 임씨와 유씨는 금세 잊힐 것이다. 그러나 밤이 오면 누군가는 임씨와 유씨가 되어 자신의 악몽을 들여다볼 것이다. 그런 사람이 잊혀도 그런 밤은 사라지지 않을 것이다. 나는 고개를 숙였다. 또박또박 멀어져가는 소영의 발소리를 비집고 소영의 목소리가 들렸다.

"병신."

나는 고개를 들고 달려갔다. 소영의 손목을 낚아챘다. 소영과 다시 눈이 마주칠 때 소영의 목울대에 칼을 찔러넣었다. 그리고 칼을 뽑았다. 소영의 목에서 첫소리가 새어나왔다. 소영은 주저앉았다. 나는 소영의 눈앞에 식칼을 던졌다. 그리고 돌아섰다.

공중전화 부스에 들어갔다. 아람의 집에 전화를 걸었다. 전화번호가 바뀌었더라도 상관없었다. 아람의 목소리가 들렸다.

"나야, 강이."

아람은 대답이 없었다. 나는 공중전화 부스의 유리창에 손을 대어보았다.

"그 집으로 돌아갔구나."

"응."

"나한테 왜 그랬어?"

아람은 한참 동안 말이 없었다. 유리창의 마른 빗물 자국을 나는 손끝으로 닦아보았다. 선명한 얼룩이었지만 안에서는 만져지지 않았다.

"차에 치인 고양이를 또 만났는데. 수술을 몇 번 하게 됐어."

"고양이를 살리려고 그랬다고."

"죽었어. 그게 다야. 우리 돈은 그 정도였잖아."

나는 수화기를 내려놓았다.

이른 첫눈이 내리기 시작했다. 눈은 아무데고 떨어져 쌓였다. 엉켜버린 전깃줄 위에, 옹기종기 모여 있는 쓰레기봉투 위에, 낙엽 위에 떨어져 있는 낙엽 위에, 금세 쌓여갔다.

차도도 인도도 지워져갔고, 풀밭도 아스팔트도 지워져갔다. 모든 것을 숫눈이 차근차근 덮어갔다. 줄줄이 얼어죽은 가로수도, 전구가 나간 가로등도, 다른 것으로 태어난 것처럼 하얗게 반짝거렸다.

숫눈은 아무렇게나 밟을 수 있었다. 숫눈 위에 찍힌 발자국은 금세 다시 지워졌다. 하지만 밟힌 숫눈은 지저분해졌다.

강이가 현관에 앉아 꼬리를 흔들었다. 엄마는 텔레비전을 보고 있었다. 문을 열어두었지만 강이는 집을 나가지 않았다. 문을 열어두었지만 아무도 우리집에 들어오지 않았다. 나는 엄마 옆에 앉아 엄마가 바라보고 있는 텔레비전을 함께 보았다. 정오 뉴스가 끝나고 지역방송 광고들이 나왔다. 아줌마 아저씨 배우가 요란스럽게 땀을 닦아내고 엄지를 치켜들며 대전에 새로 생긴 찜질방을 선전하고 있었다. 그 뒤로는 자녀 역을 맡은 배우들이 둘러앉아 과장되게 고개를 끄덕이고 있었다. 대학생 정도로 보이는 둘째 딸. 소영이 거기 있었다. 아웃포커스되어 이목구비가 뭉개져 있었지만 소영을 알아볼 수 있었다. 찜질복을 입고 수건으로 만든 양 머리 모자를 쓴 채로 맥반석 계란을 볼이 미어지게 먹고 있었다. 아저씨 배우가 찜질방의 장점을 설명하기 시작했다. 화면의 모서리에 소영의 얼굴이 반쪽만 걸쳐져 있었다. 아저씨가 일어서 옥한증막으로 카메라를 안내했고, 소영은 더이상 화면에 잡히지 않았다. 웃음과 울음 섞인 이상한 소리들이 내 입에서 새어나오기 시작했다. 밤마다 들었던 엄마의 목소리가 내 목에서부터 흘러나왔다.

지구대 경찰들이 우리집 초인종을 눌렀고, 나는 그들을 따라 밖으로 나왔다. 차는 초등학교 옆에 세워져 있다고 했다. 눈송이는 떨어질 듯 하늘로 솟구치고 있었다. 나는 손을 뻗었다. 잡으면 눈은 이내 녹아 사라졌다. 물방울이 손에 남았다. 물방울은 투명했다. 밟을수록 쌓이는 것들과 잡으려 할수록 투명하게 녹아내리는 것들 사이에서 나는 조금 안락해졌다. 속눈썹에 물방울이 매달렸다. 물방울 때문에 속눈썹이 보였다. 집 앞 공사장에는 타워크레인뿐이었다. 이 겨울이 끝나도록 그럴 것이고, 다음 겨울이 끝나도록 그럴 것이다. 그렇게 오랫동안 있을 것이고, 그렇게 있으면서 아무도 없을 것이다. 끝이 나는 것은 아무것도 없으리라. 내가 벌인 일은 이제 엄마의 새로운 기도거리가 될 것이다. 또다른 악몽과 그 악몽을 벗어나려는 또다른 기도만이 시작될 것이다.

소영은 며칠 동안 사경을 헤맸다고 했다. 수많은 임씨와 유씨의 이야기처럼, 우리의 이야기가 나오는 뉴스를 구치소에 앉아 보았다. 읍내동과 전민동이 나왔고, 우리가 다녔던 전민중학교가 나왔고, 우리의 이야기가 잠깐 설명이 되었다. 나의 위장전입에 대한 이야기들과 나의 가출에 대한 이야기들이 대부분이었다. 인터뷰에 응한 선생들은 모자이크 처리가 된 채 소영의 사연을 안타까워했다. 마지막 장면에는 찜질방 광고 속 소영이 클로즈업되었다. 소영은 죽을 때까지 입지 않겠다고 했던 라운드 티셔츠를, 그것도 펑퍼짐한 황토색의 티셔츠를 입은 채로 온순한 양처럼 웃고 있었다. 수많은 오디션 끝에 첫 광고를 찍자마자 질 나쁜 친구에게 습격을 당한 소영의 이야기는 다른 임씨와 유씨의 이야기와 달리 세간의 관심을 모으기 시작했다. 연예계 소식을 전하는 텔레비전 프로그램은 소영의 상황을 주요 뉴스로 전달했고, 인터넷에는 소영을 응원하는 메시지가 번져갔고, 팬카페가 개설되었다. 사연이 있는 배우만을 섭외하는 한 유명 감독은 소영이 의식을 회복하면 새 영화에 소영을 캐스팅할 것이라 약속했다. 소영의 첫 영화 촬영이 순조롭게 진행되었다는 뉴스가 보도되었고, 소영은 '찜질방천사'라는 별칭으로 사람들의 응원을 온몸에 받는 신인 배우가 되었다. 나의 칼이 이상한 방식으로 소영의 꿈을 이루게 했다.

엄마는 매일매일 나를 찾아왔다. 아빠는 권고사직을 당했다. 주민들의 항의 때문에 부모는 이사를 했다. 아무도 우리 집을 사려고 하지 않아 헐값에 넘기게 되었다고, 새로 이사 간 동네는 계단도 굴다리도 없다고 했다. 집주인네 마당에서 강이도 마음껏 뛰어놀 수 있다고 했다. 내가 돌아올 때까지 엄마는 나를 기다릴 것이라고 했다. 돌아오기만 하면, 기차 소리가 들리지 않는 조용한 동네에서 같이 살자고 했다.

나는 다시 먼 미래를 생각했다. 목숨을 유지하기 위해 흙을 퍼먹는 생활이 이어질 것이다. 우리는 땅속에 사는 지렁이 가족 같을 것이다. 하지만 나는 끔찍함에 익숙했다. 엄마와 내가 번갈아가며 꾸어오던 악몽도, 시시때때로 떠오르는 기억도, 주기적으로 끓여먹는 된장찌개처럼 생활의 일부가 될 것이다. 나는 웃었다. 엄마도 웃었다. 병신 같은 사람들 곁에 병신으로 남을 것이다.

나는 최선을 다했다. 소영도 그랬다. 아람도 그랬다. 엄마도 마찬가지다. 떠나거나 버려지거나 망가뜨리거나 망가지거나. 더 나아지기 위해서 우리는 기꺼이 더 나빠졌다. 이게 우리의 최선이었다. 나는 이제 읍내동으로 돌아갈 수 없다. 읍내동을 벗어나고 싶었던 나의 소원도 이상한 방식으로 도

래해 있었다. 언제 그칠지는 알 수 없지만, 쉽게 녹아 사라지진 않을 눈이 내리고 있었다. 이상하고, 무섭고, 어떻게 해야 하는 건지 모를 정도로 좋은, 함박눈이었다.

수상 소감

이 소설은 열여섯 살 때부터 십 년 이상 꾼 악몽을 받아쓴 것이다. 소설이 뭔지 아무것도 모를 때부터 이제 겨우 좋은 소설을 알아볼 수 있게 된 지금까지 이 소설 속에서 살았다. 열여덟 살, 야간자율학습 시간에 책상에 앉아 새 공책을 펴서 이 이야기를 썼다. 그게 처음이었다. 한 문장을 적고 짝꿍의 눈치를 보았다. 짝꿍이 내 문장을 엿볼까 두려웠다. 몇 줄 쓰지도 못하고 책상에 엎드려버렸다. 짝꿍이 듣지 못하도록 조심하면서, 공책을 책상 서랍에 넣고 잘게 찢어 쓰레기통에 버렸다. 학교를 그만두니 내 문장을 엿볼 짝꿍이 사라졌고, 한두 문단을 스스럼없이 적을 수 있었다. 아르바이트를 하면서 빌지를 주머니에 넣어두었다가, 손님도 없고 사장도 없는 시간에 카운터에 서서 빌지 뒷면에 몇 문장씩을 적었다. 집에 돌아오면 빌지를 꺼내 일기장에 빼곡하게 붙였다.

대학에 들어가서는 한 페이지 정도씩을 써서 제출했다. 내가 쓴 글을 남 앞에서 읽을 수 있는 용기도 생겼다. 산문을 제출할 때에도, 시를 제출할 때에도, 단편소설을 제출할 때에도, 이 이야기를 썼다. 내 경험을 나열하는 것으로는 소설이 될 수 없다는 것을 처음 배웠다. 불가능성에 개연성을 부여하려고 나의 잡다한 욕망들과 어지간히 싸웠다. 그러다 초고에 있던 중요한 인물을 없앴다. 그 인물이 소설 속 나를 불쌍해 보이도록 치장하는 인물이었다는 것을, 배워서 겨우 알았다. 나 혼자서는 도저히 알지 못했을 것이다. 그만큼 나는 내 안에 갇혀 있었다. 소설 속 인물인 열여섯 살의 나를, 나는 마음껏 연민하고 싶었다. 하지만 연민만 하고 싶지는 않았다. 그 두 가지를 다 담지 않는다면 내가 쓰고 싶은 소설이 될 수 없었다. 그 두 가지를 다 담는 게 나로서는 벅차기만 했다. 경험만 있고 소설을 몰랐던 나는, 경험과 소설이 연인처럼 깍지를 꼭 낀 채 서로 놓지 않는 악력에 대하여 골몰했다. 몇 학기를 휴학하며 이 소설을 붙잡고 지냈다.

언제까지고 체한 것처럼 얹혀 있던 악몽이었다. 소설로 쓰면 악몽이 중지되는 마법이 일어날 줄 알았다. 하지만 더 자주 악몽을 꾸었다. 꿈속에서 나는 점점 어처구니없을 정도로 겁쟁이가 되어갔다. '너'를 죽이기 위해 포크나 이쑤시개 따위를 쥐고 찔러댔다. "이제 좀 죽어……" 수백 번을 찔러대다 식은땀을 흘리며 잠에서 깼다. 포크를 들고 사람을 죽이려던 나의 악몽에 대해 친구에게 얘기한 적이 있다. 친구는 "포크?"라며 푸하하 웃었다. 나도 덩달아 웃음이 샜다. 양손에 포크를 쥐고, 친구는 치킨 조각을 야무지게 찢었다. "이 가슴살이 꿈속의 그애야"라며, 튀김옷이 바삭하게 묻은 동물의 살점을 내 입에 넣어주었다. 나는 다리에 붙은 연골까지 남김없이 오독오독 씹었다. 손끝에 번들번들하게 묻은 기름을 쪽쪽 빨았다. 친구와 나는 무거운 생맥주잔을 부딪치며 건배했다. 처음 악몽을 말해보았고, 처음 악몽을 말하며 웃어보았다. 나의 악몽이 조금 더 만만해졌다.

단편에서 장편까지 글을 고치는 동안, 일곱 번의 이사와 다섯 번의 여행을 했다. 학교 도서관에서, 홍대 근처 반지하 방에서, 억새밭이 내다보이는 제주도 원룸에서, 도쿄 커피숍에서, 방콕 공항에서, 가만히 앉아 긴 악몽 속을 떠다녔다. 왜 나는 같은 악몽을 꿀까를 궁금해하다가 왜 나는 이 악몽을 쓰려고 할까를 궁금해했다. 이 악몽 속에 평생 갇혀 살까봐 무서웠다.

소설을 완성하고 한 가지를 알게 됐다. 그토록 끈질기게 나를 따라다녔던 악몽은 '왜'냐고 묻길 바라지 않았다는 사실. 내가 악몽에 시달려온 것이 아니라 악몽이 나의 질문에 시달려왔다는 사실. 오랜 내 다그침으로부터 내 악몽을 풀어줄 때가 되었다. 나는 나의 악몽에 최선을 다했으니까. 이 세상에 최선을 다한 헤어짐은 없는 줄 알았는데, 나와 나의 악몽은 이제 최선을 다한 헤어짐을 겪게 되었다. 다행이다. 그래서 행복하다.

이 소설의 완성도보다 내가 이 소설을 얼마나 절박하게 썼는지를 더 주목해주신 것임이 분명할 세 분 심사위원께 깊은 감사를 드린다. 벽에 대고 해온 나의 이야기를 누군가가 들었다는 신호를 아주 오래 기다려왔지만, 이렇게 멋진 방식은 상상도 못했다. 이제는 연락도 끊기고 연락하기도 두려운 읍내동 내 친구들, 그리고 집을 나왔을 때 가족이 되어주었던, 이제는 문신을 지워버린 209에게, 한 번도 고맙다는 말을 한적이 없다. 너무 늦었지만 지금이라도 고맙다고 말하고 싶다. 이것도 다행이다. 그래서 후련하다.

심사평

박성원(소설가)

문학동네에서 대학소설상을 만든다고 했을 때 기대보단 걱정이 앞섰다. 여러 심사를 하면서 공모전이 점점 약해지고 있다는 느낌을 지울 수 없었기 때문인데, 수상작들을 읽으면서 내 생각이 틀렸음을 알았다. 심사를 맡아 응모작을 읽으면서는 더욱 놀랐다. 기본기가 탄탄한 소설이 많아 한국문학의 앞날이 어둡지만은 않다는 생각을 많이 했다.

응모작 중에는 기발한 소재에 기대는 서사가 많았는데, 그것은 장점이자 단점이 될 수 있다. 소설은 허구의 이야기이고 우리는 그것을 읽는다. 우리들이 읽는다 하는 것은 작가가 쓴 문자와 언어이다. 아무리 기발한 이야기라 해도 소설에서 보여줄 수 있는 것은 오직 문장뿐이다. 취재나 경험을 통해 낯설고 충격적인 일들을 생생히 겪었다 하더라도 유일한 전달 방법은 언어뿐이다. 소설이 영화나 방송과 다른 이유는 이 때문이다. 소설에선 컴퓨터 그래픽을 동원할 수도 없고, 연기가 뛰어난 배우를 등장시킬 수도 없으며, 특정 공간을 촬영해 보여줄 수도 없다. 언어의 안정된 사용은 소설의 기본이다.

좋은 작가가 되려면 전쟁을 경험하지 않아도 전쟁소설을 쓸 수 있어야 한다. 자꾸 특별한 직업이나 소재에 의존하려 든다면 두번째, 세번째 소설을 생산하는 데 많은 고충이 따를 것이다. 매번 기발하고 특별한 소재를 생각하거나 경험할 수는 없다. 결국 좋은 작가는 특별하지 않은 소재를 특별하게 만드는 사람이다.

수상작은 임솔아씨의 『최선의 삶』이다. 이 소설은 특별한 소재를 취하지 않는다. 너무나도 흔한 성장소설이다. 그런데, 정말 '그런데'이다. 누구나 읽으면 그 충격에서 한동안 벗어나질 못할 것이다. 앞서 말한 것처럼 좋은 소설은 특별하지 않은 소재를 특별하게 만든 이야기다. 이 소설이 바로 그렇다. 로버트 코마이어의 『텐더니스』나 블레이크 넬슨의

『패러노이드 파크』같은 성장소설이 한국문학사에 언제쯤이면 출현할까 늘 생각했었는데 드디어 출현했다. 이 소설을 읽으며 처음엔 실체 없는 폭력을 다룬 게 아닐까 생각했지만 다시 생각하니 폭력을 만든 실체가 없는 게 아니라 오히려 너무 많았고 만연했던 게 아닌가 하는 생각이 들었다. 보통 심사평을 쓰면서 수상작의 줄거리나 작품 소개를 곁들였지만 이번엔 생략한다. 왜냐하면 이 소설을 아무런 정보 없이 꼭 한 번씩 읽어주길 바라기 때문이다. 수상자에게 문학의 포스가 함께하길 May the force be with you.

신형철(문학평론가)

오 년 전만 해도 나는 대학소설상이 왜 필요하냐며 반신반의했던 사람 중 하나였다. 이십 세가 넘은 성인이라면 대학생들끼리만 경쟁하는 문학상에 응모할 것이 아니라 일반 공모에 곧바로 나서야 하는 것이 아닌가 생각했기 때문이다. 스포츠와는 달라서 예술에는 체급이라는 것이 없다. 과문한 탓인지 몰라도 피아니스트나 화가를 나이별로 나누어 평가하는 예를 보지 못했다(연기자의 경우 아역 배우라는 범주가 있기는 하지만 그 대상은 유소년이다). 그러니 문학도 다를 게 무어냐고 생각했다. 라이트급 작가와 헤비급 작가를 나눌 수 있을지 몰라도 적어도 나이가 기준이 되지는 않을 것이다. 중고등학교에서는 그렇다 쳐도, 대학생이 되어서까지 별도의 체급을 부여받을 필요가 있을까. 일제강점기 한국문학의 주역들은 대부분 이십대였고, 4·19세대가 문단에 충격을 준 것도 그들이 이십대 초중반일 때였다.

지금은 달리 생각한다. 문학은 역시 다르다. 문학은 세월이 남기는 상처와 상처가 선물하는 깊이에 크게 힘입는 장르라고 생각한다. 다른 분야도 얼마간은 그렇겠지만 문학만큼 막강하게 그렇지는 않을 것이다. 어디선가 얘기한 바 있지만, 그래서 문학에는 천재가 있기 어렵다고 믿는다. 문학의 천재는 기교의 천재가 아니라 인생의 천재여야 할 텐데, 지극히 공평하게도 인생에는 천재가 없다. 나는 '상처 없는 깊이'를 상상하기 어렵다. 그런 것의 소유자가 있다면 우리는 모차르트 앞에 선 살리에리가 아니라 신 앞에 선 욥의 심정이 될 것이다. 그것은 질투가 아니라 분노다('왜 그에게는 나와 같은 선물을 주면서 나와 같은 고통을 주지는 않으십니까!'). 그래서 나는 작가의 나이를 늘 궁금해하는 편이다. 즉, 문학에서 체급의 필요성을 슬그머니 인정하고 있다는 뜻이다.

이 이유만이 아니다. 앞에서 지우려다 그냥 놔둔 곳이 있는데 일제강점기와 4·19세대 운운한 대목이다. 왜 오늘날에는 재능이 하향 평준화됐느냐고 투덜대는 기성세대의 말로 들릴까 싶어서였다. 한때는 그렇게 생각했었지만 지금은 아니다. 나는 1930년대와 1960년대의 젊은 문인들이 어떤 환경에서 그들의 십대 시절을 보냈는지 잘 알지 못한다. 그러나 그들은 하루에 세 군데 이상의 학원을 다니면서 영어와 수학을 공부하지는 않았을 것이다. 대학생이 되고 나서도 학비는커녕 월세를 내기에도 벅차서 맥도날드에서 햄버거를 만들고 대형 마트에서 짐차를 끌지는 않았을 것이다. 결정적으로 그들은 문학에 생을 바치겠다고 부모님께 말씀드리는 일이 시대착오적이고 불효막심한 일이라는 말을 듣지는 않았을 것이다. 재능이 하향 평준화된 것이 아니라 발아할 기회마저 박탈당한 것이 아닌가.

그래서 이제는 대학소설상이라는 제도에 대해 거리낌이 없다. 그 세대만의 상처와 깊이를 평가받을 수 있어야 하고, 완전히 포기되기 전에 그 재능을 구출해내야 한다고 생각하게 되었다. 처음 맡은 심사에서 나는 (방금 내가 설정한) 대학소설상의 두 가지 존재 이유를 뿌듯하게 확인했다. 앞에서 사용한 경박한 표현을 다시 사용하자면, 임솔아씨의 『최선의 삶』은 '체급' 자체가 다른 소설이었다. 이것이 소설에 할 만한 칭찬으로 적당한 말인지 모르겠지만, 나는 이 소설이 서술하고 있는 이 모든 슬프고 아픈 일들이 실제로 일어난 일이라고 믿는다. 나는 이 작가를 만나고 싶지 않다.

정한아(소설가)

문학동네 대학소설상이 4회째를 맞았다. 우리가 대학생 문사들에게 기대하는 것은 무엇일까? 심사 내내 그 질문이 머리를 떠나지 않았다. 예심에서 내가 본 대개의 작품은 안정된 문장과 구성력을 가지고 있었고, 몇몇 작품은 주제를 끝까지 밀어붙이는 추진력도 갖고 있었다. 하지만 기대했던 청춘의 열정과 에너지를 가진 작품은 좀처럼 찾기 힘들었다. 그것이 지금의 현실을 담고 있는 듯해 마음이 무거워지는 한편, 현실을 이겨낼 만한 담력과 재기를 가진 젊은 소설가들의 존재가 아쉬웠다.

본심에서 만난 『최선의 삶』은 예심의 우려를 단번에 뒤엎어준 소설이었다. 이 소설은 사회를 바라보는 작가만의 고유한 시선을 가지고 있었고, 가독성과 재미를 겸비했다는 데서 장편소설의 미덕을 갖추고 있었다.

임솔아씨의 『최선의 삶』은 심사가 시작되기 전부터 당선이 점쳐졌던 소설이다. 여중생들의 가출기로 시작하는 이 소설은 귀엽고 치기 어린 에피소드에서 이내 가슴이 서늘해지는 이야기로 옮겨간다. 신흥 연구원들의 유입으로 형성된 대전의 전민동은 주민들 간의 생활 격차가 극심한 공간이다. 아이들은 그와 같은 구분에 반발하며 아무것도 묻지 않는 무인 모텔에 몰려가 알몸으로 포르노를 보고, 모두 같이 소주를 마시고 뒹굴거리며 하나의 몸, 하나의 냄새가 된다. 이들은 '다행히' 아직 어른이 되지 않았고, 무성적 존재로서의 희락을 함께 누린다.

친구들과의 우정은 주인공 강이에게 삶의 전부와도 같다. 어른들의 강압, 혹은 무관심에 반발한 강이, 소영, 아람은 함께 가출하기에 이르고, 낯선 도시의 길 위에서 하루하루를 보낸다. 이들의 작고 여린 몸은 때로는 무기로, 때로는 방패로 쓰인다. 하지만 강이와 아람에게 그 기행이 자신을 잊어버리기 위한 것이라면, 소영에게는 자신을 찾기 위한 것이다. 그 격차는 생활의 격차보다 더 크게 그들의 사이를 벌려놓기 시작한다. 작가는 소녀들의 세계에 드리워진 잔혹한 폭력을 보여준다. 친구이자 연인이었던 아이들은 각자의 세계가 다르다는 것을 깨닫고, 이제 서로를 맹렬하게 증오한다. 알몸으로 하나되어 낄낄대던 아이들이 상대방에게 폭력을 행하고, 옷을 벗겨 수치심을 느끼게 하는 장면은 마침내 세계의 본모습을 보고 몸을 가린 태초의 인간을 떠올리게 한다. 그것은 불합리와 모순, 그리고 분노를 느끼며 경험하는 잔인한 성장의 일면이다. 강이는 소영과의 사건을 겪으며 아이의 눈으로 본 세계에서 벗어난다. 그리고 세월이 흐른 뒤 그 일을 매듭짓기 위해 다시 읍내동으로 돌아온다.

개인적으로는 작품의 결말이 상투적이라는 데서 조금 아쉬웠다. 결국 해프닝으로 그치고 마는 그와 같은 폭력이 어떤 의미를 가지는 것인지 모호하기도 했다. 하지만 아쉬움을 덮고 남을 만큼 이 작품이 지닌 매혹이 크고 강하다는 데 심사위원들의 의견이 일치했다. 아름다운 문장을 읽는 기쁨이 큰 소설이었다. 축하드리며 앞으로 정진하시기를 바란다.

십 년 전, 나는 대학문학상을 받으며 작품활동을 시작했다. 법대 강의실에서 교양 수업을 듣고 있을 때, 당선 소식을 알리는 전화벨이 울렸다. 전화를 받고 학교 호숫가에 멍하니 앉아 이게 꿈인가, 생각했던 게 바로 엊그제의 일 같다. 내가 그토록 찾아 헤맸던 길이 마침내 눈앞에 활짝 열렸고, 젊고 튼튼한 두 다리가 있으니 앞으로 두려울 게 없다고 생각했다. 이제 겨우 십 년이 지났지만, 눈앞의 길은 매일 수십 갈래로 갈라지고, 다리는 힘을 잃어 비틀거릴 때가 많다. 다시 일어설 힘이 필요할 때마다 나는 십 년 전의 나를 불러낸다. 우리에게 문학청년이 필요한 것은 바로 그런 순간이 아닐까. 열두 번쯤 더 실패해도 좋다고 외치는 낙선자들에게 격려와 위로를 보낸다. 다시 도전하시라!

뜨겁고 끈적거리는 기운이라면,

정지향(소설가)

나는 그녀를 본 적이 있었다. 신인 작가 중 새롭고 완성도 높은 작품을 발표해내고 있는 이들을 선정해 소개하는 문학 콘서트 자리에서였다. 그녀는 2013년 등단한 시인으로서 그 무대에 앉아 있었다. 나는 그때나 지금이나 글을 쓰는 사람들은 대체 어떤 생각을 가지고 있나 궁금해서 그런 곳에 갈 기회가 있을 때마다 말하는 이를 열심히 들여다보곤 했다. 한여름이었나, 짧은 원피스 아래로 드러난 길쭉길쭉한 팔다리와 모든 질문에 조금 무심한 듯한 표정으로 답하던 그녀가 기억에 남았다.

제4회 문학동네 대학소설상 수상자가 바로 그녀라는 얘기를 듣고 처음에는 좀 의아한 생각이 들었다. 그녀는 87년생으로 올해 스물아홉이 되었는데 아직 대학생이라는 점이 우선 그랬고, 삼 년 차 시인으로서 바쁘게 활동하고 있다는 점에서도 그랬다. 조금 질투도 났다. 무엇보다도 그녀가 쓴 소설이 좋을 것이라는 확신이 들어서였다. 지난여름 그날에도 낯선 사람들 앞에 서서 자신이 여태껏 지나온 시절에 대해, 여전히 안고 있는 상처들에 대해 담담히 이야기하던 그녀였으니까. 당장 이해받지 못해도 좋다는 듯 어떤 초조함이나 과장 없이 내뱉는 그 목소리가 이미 충분히 매력적이었으니까. 얼른 그녀의 소설을 읽어보고 싶었다.

처음에 우리는 낯을 가렸다. 호칭을 정하고 얘기를 나누기 시작했다. 조금 어색하더라도, 말을 고르느라 대답이 늦어지더라도 서로 이해하기로 했다. 소설에 대해 궁금한 점이 많았지만, 책을 기다려 직접 읽어보는 즐거움을 위해 아껴두기로 하고 그녀가 어떤 경험들을 통해 작가가 되어왔는지에 대해 주로 묻고 답했다.

수상 소식을 들었을 때 어디에 있었어요? 수상작이 정해진 뒤 편집부에서 언니에게 전화를 걸었는데 로밍 안내 음성만 계속 울려 당황스러웠단 얘기를 전해들었어요.

─태국에 있었어요. 그날 수영장에서 물위를 둥둥 떠다니다가, 처음으로 팔베개 모양을 하고 배영하듯 물위에 누워있을 수가 있게 되었어요. 그게 좋아서 수영장에서 오래 놀았어요. 원래는 개헤엄밖에 못하거든요. 그렇게 몇 시간을 보내고 방에 들어갔더니 문자가 와 있더라고요. 저는 심사 기간이 다 지나가버린 줄 알았어요. 누군가에게 이미 연락이 갔겠구나, 속 편하게 생각했고 나중에 계간지가 나오면 혹시나 본심에서 어떤 충고라도 얻을 수 있을까, 그렇게만 생각했어요. 장난 문자면 어떻게 하나 싶었어요. 그날부터 배탈을 앓았는데, 너무 놀라서 몸이 아픈가보다 생각했어요. 며칠 지나도 낫질 않아 병원에 갔더니 장염이래요.

당선작은 언제부터 쓰기 시작했어요?

─십대에 쓰기 시작한 얘기였어요. 그땐 소설인지 일기인지 구분도 못하는 상태였어요. 근데 한 번도 완성은 못했어요. 쓰다가 너무 버거워서 계속 내려놓았거든요. 시간이 지나 단편으로 썼고, 중편으로 썼고, 처음 장편으로 쓴 건 삼 년 전이었어요. 말로 다 할 수 없을 만큼 고치고 고쳐왔네요. 장편 분량이 넘게 쓰기도 했고, 죄다 지우기도 했고. 지금도 고치고 싶은 게 너무 많아요. 무슨 이야기를 어디서부터 어떻게

해야 할지 종잡을 수 없었어요. 날것의 느낌을 지우려고 많이 애썼지만 역부족이었어요. 완성도가 높다고는 절대 생각하지 않아요. 거칠고 생채기를 벌려놓은 듯한 소설이에요.

그렇게 하기 어려웠던 이야기를 이번에 한번 갈무리해봐야겠다고 결심할 수 있었던 힘이 뭐였을까 궁금해지는데요.

─악몽에 너무 시달려서요. 그래서 수상 소식을 들었을 때 당선이 되었다는 것보다도 이 악몽을 이제는 떠나보낼 수 있지 않을까 싶은 마음이 들어 참 좋았어요. 이 이야기를 껴안고 살았던 시간에 대한 서러움이랄까, 그런 게 몰려와서 울먹거렸어요.

지금은 어때요? 이제 곧 사람들의 손에 들리게 될 텐데. 언니가 떠나보낸 이야기가 어떤 사람들에게, 어떻게 읽히기를 바라는지 궁금해요.

─사실 이 소설이 어떻게 읽힐까 상상을 할 수가 없어요. 부끄러워서요. 이건 내 오랜 비밀이고 악몽인데 말이죠. 바람이 있다면 저와 비슷한 악몽에 시달리는 아이들에게 읽혔으면 좋겠어요. 저는 사람들이 흔히 말하는 정상적인 성장과정을 전혀 거치지 못했어요. 정상적이지 않다는 얘길 자주 들어

서 남들이 보기에 그렇다는 것만 알고 있어요. 하지만 비정상이라고 하기엔 또 너무 평범한 사람이거든요. 저는 정상과 비정상으로 나누며 세상을 볼 수도 없고 보고 싶지도 않아요. 비정상에 내몰린 아이, 그렇지만 평범한 보통의 아이, 자신의 마음속에 불씨가 있는 아이와 제 소설이 소통되었으면 해요.

등단은 시인으로서가 먼저지만, 습작은 소설로 시작하셨다고요.

—저는 어렸을 때부터 '나는 소설 쓴다'고 생각해본 적이 없어요. '나는 글을 쓴다'고 생각했어요. 근데 학교에 오니까 사람들이 소설과 시를 나누어서 말하더라고요. 저는 소설을 알게 되었으니까 소설을 썼고, 시도 알게 되었으니까 시도 쓰게 됐어요. 하지만 자꾸 저에게 "소설 쓸 거냐, 시 쓸 거냐" 사람들이 물었어요. 소설하고 시는 많이 다르지만, 그걸 결정하고 선택하고 싶지가 않아요. 그러니까 헬스 할 때에요, 웨이트랑 유산소가 있잖아요? 그 두 가지를 함께 하면서 '운동한다'고 할 수도 있잖아요. 그런데 자꾸 사람들이 "웨이트 할 거냐, 유산소 할 거냐" 묻는 느낌? 혹은, "웨이트가 더 좋아, 유산소가 더 좋아?" "너는 유산소부터 시작했지? 그럼 유산소가 더 좋은 거 아니냐" 그러는 것과 비슷한 느낌이에요. 저는 시와 소설 모두에 굉장한 매력을 느끼거든요. 시가 당선되

었을 때 사람들이 당연하다는 듯, "이제 시 쓰겠네"라고 했는데 저는 소설을 포기할 생각은 절대 없다고 답했어요. 저는 소설이든 시든, 제가 쓰고 싶은 건 어떤 식으로든 쓸 거예요.

언니 첫인상은 무지 '쿨'해 보였어요. 그런 얘기 많이 듣죠? 그런데 얘기를 나누어보면 그렇지만은 않다는 생각이 들어요. 처음엔 남들이랑은 몇 걸음 떨어져 있고 싶어하는 듯한 느낌이었는데, 실은 솔직하고 정확하게 전달하려고 무척 애를 쓰는 사람이구나, 싶어요.

—낯을 많이 가려서 그런지 차가워 보인다는 말은 많이 들었어요. 저는 사람들이 많거나 하면 주눅이 많이 들어요. 그러면 표정이 굳어요. 말문도 닫히고. 그럴 때 특히 차가워 보인다고 하더라고요. 콘서트 날엔 아마 그런 제 낯가림을 솔직하게 보여버린 것 같아요. 세련되게 표정 같은 걸 연출할 줄 몰라요. 저는 오히려 세련의 정반대예요. '차도녀'인 줄 알았는데 '차촌녀'였다고 놀리는 사람도 있고, 19세기형 인간이라며 혀를 차는 사람도 있어요. 미국소설 안 좋아하고요, 도스토옙스키를 제일 좋아하고요. 제 글이, 그리고 제 속내가 세련되지를 못해요. 예전에는 세련되고 '쿨'한 글을 쓰는 사람들을 부러워했어요. 통통 튀고 가볍고, 재치 있고, 밝

고 명랑한 그런 거. 그런 사람들은 꼭 풋사과처럼 보였어요. 나는 물컹물컹한 감 같은데. 곶감 같은 거요.

스물아홉에 대학소설상을 받으셨어요. 학교에 늦게 입학한 거예요? 중간에 쉬기도 했나요?

—둘 다예요. 학교는 스물네 살에 입학했어요. 삼학년까지 공부하고 휴학했어요. 혼자서 글을 쓸 시간이 필요하기도 했고, 내내 앉아서 수업을 듣기에 무리가 있을 정도로 디스크가 심하기도 해서 휴학을 했어요. 디스크에 가장 나쁜 게 한 자세로 오래 앉아 있는 건데, 집에서 작업할 때는 앉아서 했다가 누워서 했다가 서서 했다가 그럴 수 있어서 오로지 집에 있게 됐어요.

글을 처음 쓴 건 십대 때였다고 했잖아요. 그때부터 학교에 입학하기 전까지의 얘기를 좀 해줄 수 있어요?

—중학교 때는 가출소녀였고, 고등학교는 중퇴했어요. 중퇴하려고 중퇴를 한 건 아니었고 집에서 오십만원을 들고 나와서 돌아가지 않았더니 중퇴 처리가 되어 있었어요. 그때 겪은 이야기가 이번 소설의 바탕이 되었어요. 집을 나온 뒤 삼 년 동안은 이런저런 아르바이트를 하면서 같이 집 나

온 친구와 함께 살았어요. 계속 글도 썼고요. 그후로는 절에서 일 년 정도 지내면서 스님이 되려고 마음먹기도 했어요. 그런데 결국 절에서 쫓겨났어요. 그러다보니 스물세 살이 되었고, 검정고시를 치렀고, 학원에 들어가서 수능 공부를 시작했어요. 문예창작을 전공하려고요. 근데 수능과 상관없는 학교에 붙어버렸어요. 참 좋았던 건 한예종에는 제 또래 신입생들이 많았어요. 다들 이런저런 사연을 거치고 뒤늦게 이 학교에 입학한 사람들이었어요. 스물네 살에 입학을 했는데도 동기 중에선 제가 제일 어렸어요.

절에서는 왜 쫓겨난 거예요? 얘기를 좀더 듣고 싶어요.

—신에 대해 진실된 마음으로 다가가고 싶었어요. 궁금한 게 많았어요. 그래서 질문을 너무 많이 했어요. 이상하다고 느낀 것을 이상하다고 너무 많이 따져댔어요. 스님은 제가 의심이 많은 아이라고 생각한 것 같아요. 절에 도움이 안 되는 사람이었어요. 무엇보다도 스님이, 스님이 되려면 사년제 대학을 졸업해야 한다고 하셨는데, 학교를 신뢰하지 않던 나에겐 그 말이 청천벽력 같았어요. 자격증을 따지 못하면 스님이 될 수 없느냐고 했더니 그렇다고 했어요. 그 시스템에 대해 따지다가 많이 혼났어요.

한번은 스님께서 죄를 씻으라고, 엄청나게 두꺼운 책을 주시면서 기도를 하라고 했어요. 법당에서 절을 하며 경전을 읽었어요. 그런데 그 책의 내용이 죄를 지은 인간이 어떤 벌을 받는지에 대한 내용으로만 가득차 있었어요. 거짓말을 하면 혀를 뿌리 뽑아서 어떻게 한다든가…… 그런데 읽는 내내 제가 잘못했다는 생각은 안 들고 벌이 너무 가혹하다는 생각만 들었어요. 기도가 끝났을 때 스님이 죄를 많이 뉘우쳤느냐고 물었는데, 저는 벌이 너무 가혹하다고 말했어요. 경전에 나온 구절을 세세히 들이대며 따졌어요. 결국, 나가라고 하시더군요.

저는 그때의 언니가 남들보다 좀더 큰 몸짓으로 답을 구하려는 사람이었다는 생각이 드는데, 본인을 그렇게 움직이게 했던 질문이 뭐였을까요?

―저도 그게 궁금했어요. 묻는 사람도 많았고요. 남들은 방황이라고 일축했지만, 저는 진심으로 제가 원하는 대로 살았고, 그게 나쁘다고 생각하지 않았어요. 방황인 줄도 몰랐고, 마음 가는 대로 최선을 다했어요. "왜 가출을 했느냐"는 숱한 질문에 늘 뾰족한 대답을 할 수가 없었어요. 대답하기 위해 노력도 해보았어요. 어떤 게 나를 움직이게 했을까. 그

게 궁금해서 소설을 썼고 소설을 쓰는 동안 내내 질문했어요. 하지만 한 가지 답을 내릴 수는 없었어요.

어렸을 때는 나에게 어떤 종류의 더듬이가 있고 그 더듬이가 어떤 종류의 신호를 받아서 그 신호를 따라간다고 여겼어요. 그게 무슨 신호인지 따져본 적은 없었어요. 그때 '나는 누구인가?'라는 질문을 스스로 던져야 한다고 말하는 어른들이 있었는데, 저는 그때마다 '나는 나지'라는 식으로 생각했거든요. 그런 것처럼 신호에 대한 정의를 내리기보다는 신호는 신호다, 그렇게 생각했어요.

실례일지 모르겠지만, 이야기를 듣는 동안 무척 재미있었어요. 그 당시에 썼던 것들도 여전히 읽어보나요? 그때를 떠올리면 어떤 생각이 들어요?

─어떤 때에는 그때의 나, 그 상처 많은 아이가 선명하게 내 옆에 앉아 말을 해요. 저는 그 시절 그 아이와 언제까지나 함께 있고 싶어요. 지금의 나와 그 아이는 많이 다르지만 항상 만나야만 한다고 생각해요.

그때의 솔아 언니와 지금의 솔아 언니는 어떻게 다른가요?

─이제는 궁금한 것을 누구에게 따져 묻지 않게 됐어요.

혼자 책을 통해 답을 찾으려 하고 글로 쓰려고 해요. 그리고 질문이 예전보다는 더 섬세해졌고, 그래서 더 수북하게 내 앞에 쌓여 있어요. 또 달라진 점은, 그땐 꽤 용감했는데 이젠 겁쟁이가 됐다는 거예요. 오토바이도 이제는 못 타고, 조금만 아파도 병원에 찾아가고, 다치는 걸 무서워하게 됐고, 술 먹고 토한 다음에 또 술을 먹는 것도 이젠 못하고. 대신 예전처럼 무언가를 함부로 단정짓고 마음속에서 단죄하는 섣부른 판단 같은 걸 안 하게 되었어요. 살인사건 뉴스에 관심이 많은데, 도대체 무슨 사연이 깃든 것인지 헤아려보다가 뜬금없는 세계까지 생각이 뻗어나가 반나절이 홀렁 지나가버리기도 해요. 혹독한 상황에 있는 사람들을 헤아려보는 게 취미가 되었어요.

지금 곁에 있는 가장 큰 존재는 누구인지 얘기해주실 수 있어요?

—저랑 세 살 차이가 나는 친언니 얘기를 할게요. 꼬마일 때에는 언니가 저의 우상이었고 언니만 졸졸 따라다녔어요. 우리 언니는 나한테 고흐의 테오 같은 사람이에요. 강력한 지지자예요. 가출하고 사고 치고 그럴 때 언니는 방과후에 교문 앞에서 저를 기다렸어요. 제가 또 어디로 도망칠까봐 그랬던 거예요. 방과후를 나한테 많이 빼앗겼어요. 교문에서

언니를 만나 함께 집에 가는 건 참 좋았어요. 아주 어릴 때부터 언니를 좋아했으니까요. 하지만 가출하려고 결심한 날은 2교시 정도에 학교를 나가버리기도 했어요. 언니는 그럴 때 교문 앞에서 아무도 나오지 않을 때까지 서 있었대요. 예전에 우연히 언니 일기장을 본 적이 있어요. 언니가 그때 고3이었는데, "나도 너무 힘이 드는데, 솔아가 저러고 다니니까 힘들다는 말을 누구한테도 할 수가 없다"고 썼더라고요. 언니는 매번 저한테 그런 사람이었어요. 저를 원망할 법도 한데, 온전히 그리고 한결같이 저를 지지해줘요.

하루는 몇 년 만에 집에 갔는데, 언니가 마트에 데리고 가서 먹고 싶은 것을 다 사라고 했어요. 잔뜩 샀더니 칠만원이 나왔어요. 아빠가 돈 줬느냐고 했더니 아니라고 했어요. 알고 보니 그때 언니가 엄마한테 하루에 팔백원씩을 받았는데, 그 돈을 모아서 저금해두었던 것을 쓴 거였어요. 지금도 여행 가면 여행 경비 대고, 아프면 병원비도 대주고, 미용실도 데리고 가고 옷도 사주고…… 경제적으로도 그렇지만 가족들에게서 이해를 못 받는 모든 부분에서 언니가 변호사로 나서요.

지금 솔아 언니의 삶은 어때요?

—지금은 그냥 공무원처럼 읽고 써요. 아주 가끔만 사람

을 만나고, 책 읽고, 영화 보고, 글쓰고, 재활운동을 하고 있어요. 이렇게 그냥 소박하게 지내는 게 좋아요. 제가 꿈꿔왔던 일상이에요.

애기를 나누는 동안 나는 당선작이 무척 기대된다는 말을 거듭했고, 그녀는 매번 말간 얼굴로 "실망할지도 모르겠다"고 답했다. 우리는 가족들이 우리가 쓴 소설을 읽고 어떻게 반응할지에 대해 긴 사담을 나눴다. 그녀는 가족들의 시선을 염두에 두면 쓰고 싶은 걸 쓰지 못하게 될 것 같아서 '신경쓰지 말자' 자신에게 주문을 외고, 당선 소식을 들은 후엔 자주 엄마에게 "소설은 거짓말이야" 세뇌하고 있다고 했다. 우리는 비밀을 공유한 사람들로서 은밀히 웃음을 나눴다. 그녀의 이야기를 오래 듣다 나는 문득 "전 실망 안 할 것 같아요. 자기 얘기가 많이 스민 첫 작품들 특유의 끈적끈적한 기운 같은 걸 정말 좋아하거든요" 하며 짐짓 아는 체를 해보았다. 그녀가 "저도 그래요. 뜨겁고 끈적거리는 기운이라면, 사실 좀 자신 있어요" 하며 마침내 시인했다. 나는 무작정 그녀를 응원하기로 했다.

개정판 작가의 말

개정판을 상상해본 적은 없지만, 개정판 출간을 앞두고 나는 이 소설에 대한 나의 아쉬움에 오래 붙잡혀 있었다. 지금의 나라면 소설에 '병신'이라는 단어를 쓰지 않았을 것이다. 결말 또한 완전히 다르게 썼을 것이다. 그러나 나는 이것들을 수정하지 않는 걸 선택했다. 당시의 미흡함은 삭제할 영역이 아닌 것 같다.

책을 출간한 이후 아직도 악몽을 꾸느냐는 질문을 몇 번받았다. 처음에는 악몽이 사라졌다고 답했다. 그다음에는 악몽이 다시 시작되었다고 답했다. 스팸 전화처럼 악몽은 몰려오기도 했고, 뚝 끊기기도 했다. 나는 침대에서 일어났다. 환기를 하기 위해 창문을 열었다. 오늘은 미세먼지가 많지 않네. 생각했다. 그게 다였다. 어느 날에는 궁금했다. 무엇이 악몽일까. 끔찍한 꿈을 꾸고 잠에서 깨어나 곁에 잠들어 있는 개의 배를 쓰다듬게 된다면. 행복한 꿈을 꾸고 잠에서 깨어나 몸에 남아 있는 행복감에 치가 떨린다면.

나는 악몽이라는 것을 잘못 이해했다. 악몽은 꿈을 꾸는 동안이 아니라 깨어나는 순간에 발생하는 것이다. 이제 나는 내가 어떤 꿈을 꾸든 상관없는 사람이 되었다. 어떻게 깨어날지를 궁리한다. 분명한 것은 이 소설이 나를 조금은 이동시켰다는 것이다. 꿈에서 깬 아침의 나를. 분명한 것은 이 소설을 쓰기 위해서 나는 소설가가 되었다는 것이다. 이 사실이 나에게는 어쩔 수 없이 소중하다. 새 옷을 입은 이 소설이 새로운 독자에게 소중한 이야기가 되었으면 좋겠다.

2024년 6월

임솔아

문학동네 플레이 시리즈

최선의 삶
ⓒ임솔아 2024

1판 1쇄 2015년 7월 17일
1판 23쇄 2023년 10월 23일
2판 1쇄 2024년 6월 14일

지은이 임솔아
책임편집 정은진 | 편집 정민교
디자인 이보람 유현아 | 저작권 박지영 형소진 최은진 서연주 오서영
마케팅 정민호 서지화 한민아 이민경 안남영 왕지경 정경주 김수인 김혜원
  김하연 김예진
브랜딩 함유지 함근아 고보미 박민재 김희숙 박다솔 조다현 정승민 배진성
제작 강신은 김동욱 이순호 | 제작처 천광인쇄사

펴낸곳 (주)문학동네 | 펴낸이 김소영
출판등록 1993년 10월 22일 제2003-000045호
주소 10881 경기도 파주시 회동길 210
전자우편 editor@munhak.com | 대표전화 031)955-8888 | 팩스 031)955-8855
문의전화 031)955-2696(마케팅) 031)955-1906(편집)
문학동네카페 http://cafe.naver.com/mhdn
인스타그램 @munhakdongne | 트위터 @munhakdongne
북클럽문학동네 http://bookclubmunhak.com

ISBN 979-11-416-0087-7 04810

* 이 책의 판권은 지은이와 문학동네에 있습니다.
  이 책 내용의 전부 또는 일부를 재사용하려면 반드시 양측의 서면 동의를 받아야 합니다.

잘못된 책은 구입하신 서점에서 교환해드립니다.
기타 교환 문의 031)955-2661, 3580

www.munhak.com